Granulações

Granulações

Granulações

Um romance de
Anna Monteiro

1ª reimpressão

Copyright © 2018 Anna Monteiro
Granulações © Editora Reformatório

Editores
Marcelo Nocelli
Rennan Martens

Revisão
Marcelo Nocelli
Eliéser Baco
(EM Comunicação)

Imagem de capa
Ozgurdonmaz/Istockphoto

Design e editoração eletrônica
Negrito Produção Editorial

Dados Internacionais de Catalogação na Publicação (CIP)
Bibliotecária Juliana Farias Motta (CRB 7-5880)

Monteiro, Anna.
    Granulações: um romance de... / Anna Monteiro. – São Paulo: Reformatório, 2018.
    184 p.; 14 × 21 cm.

    ISBN 978-85-66887-40-2

    1. Romance brasileiro. 1. Título: um romance de
M775g   CDD B869.3

Índice para catálogo sistemático:
1. Romance brasileiro

Todos os direitos desta edição reservados à:

Editora Reformatório
www.reformatorio.com.br

Ao Mário, que me ajudou a perceber que as histórias de amor precisam de um ponto final.

"A *felicidade não é um ideal da razão mas sim da imaginação*".

EMMANUEL KANT

O CÉU NEGRO. Não se vê nada adiante dos olhos. Chove, uma daquelas tempestades de verão das quais o Rio de Janeiro é pródigo. Noite de ano novo. Sem luz. Fogos. Trovoadas. Eu, cada dia mais velho. A rua Jardim Botânico submersa, lama, lixo, correnteza de água da chuva que corre para o canal e atinge a Lagoa.

Figuras se formam na parede em frente à janela, para onde olho fixo, sentado na poltrona, assistindo aos raios que iluminam a noite. Oco. Oco e desprovido de ideias, sem qualquer pensamento, como se meu espírito resolvesse passear na tempestade e me deixasse aqui, sozinho. Lembro da voz de Nina, que me acalenta. A voz de Nina, doce, ríspida e carinhosa. Como pode? Ríspida e carinhosa, mas é a voz de Nina. Uma angústia toma meu peito e começa a se expandir. Machuca.

A sala parece mais escura do que nunca ao tremeluzir de velas. A lâmpada pende do teto. Outro raio ilumina rapidamente a paisagem. As lágrimas escorrem pelo meu rosto enquanto lembro de Nina com os DVDs, os livros, a estátua da bailarina de bronze. Agora, depois que ela bateu a porta e saiu, as lágrimas secaram sob o suor que cobre a minha pele.

Os móveis ela disse que não queria. Fariam ela lembrar de mim, por isso, os deixou para trás; a mesa de jantar com as cadeiras coloridas, o aparador de madeira de construção encontrado em Tiradentes, numa época em que éramos tão próximos e felizes. A mesa de centro, sem os objetos que Nina retirou e jogou numa mala. Um pufe. Um pufe italiano de uns dez salários mínimos, sem serventia, que juntava jornais em cima. Um pufe de grife, uma pequena bola vermelha emborrachada que se destaca perto da poltrona. Em cima do sofá desbotado – do qual Nina sempre reclamou por não ser muito bonito, mas é prático, eu dizia, confortável, a gente afunda – uma caixa de papelão abriga três filhotes de gatos que dormem, alheios ao mundo e às minhas dores. Não querem saber dos raios, da chuva, da escuridão, da enchente, das buzinas na rua Jardim Botânico, do Vasco, nem de Nina atirando na lata de lixo o nosso casamento como se fosse um pedaço de papel que se rasga ou se amassa. De sua fuga do meu mundo sem futuro, sem brilho e sem esperança, coisas que ela sublinhou quando fez seu discurso final. Acabou, Pedro, acabou. Os gatos dormem, alheios a tudo, preguiçosos, não querem saber de nada, já Dupont e Dupond, os salsichas que se bandearam para o lado de Nina desde que ela chegou aqui em casa e a seguiam o tempo inteiro, sofrem. Dupond com d mais amável, louco por Nina. Cachorros não gostam de separações.

Nina, eu sussurrei, enquanto ela juntava a escultura de bailarina aos pacotes. A pequena bailarina de bronze, de braços suspensos e pernas se preparando para dar um salto no ar. Não dá mais, Pedro, a voz dela ainda ecoava na minha cabeça. Nina, linda, decidida, ríspida, saindo da minha vida. Não consigo, Pedro, não te amo mais.

Nina me acusava de beber muito. Nunca achei que fosse muito. O suficiente. Gosto do uísque descendo pela garganta, do efeito a partir da segunda dose, do relaxamento, das milhares de formiguinhas no meu rosto, nas minhas pernas. Nina dizia que eu bebia todos os dias e que isso era um absurdo.

Lembro da mãe nos almoços de domingo, eu com uns seis, sete anos. Era dia de festa em casa, o pai e a mãe gostavam de todos os filhos limpos e arrumados naquele dia, penteados, dentes escovados, unhas cortadas e sem qualquer sujeira, vestidos com as melhores roupas. Eu ficava atrás da mãe enquanto ela recolhia a louça suja para lavar. Ela arrumava as taças de vinho numa bandeja e eu seguia atrás, como se fosse o garçom mais experiente do mundo, andando naquele passinho de criança. De prêmio, bebia os restos dos adultos, escondido na cozinha. Sempre gostei dos almoços de domingo, da música clássica tocando na vitrola. Aproveitava os restos das taças de digestivo também, às vezes um Porto, às vezes licor de jenipapo, o preferido da mãe. Depois dormia a tarde toda. Acordava relaxado, feliz. A família achava graça, molecagem de garoto. Mais tarde, meu pai me autorizou a beber vinho com os adultos nas datas especiais, Natal, Páscoa, aniversários, uma taça só, hein?

E daí se fiquei pelas ruas algumas vezes, outra das queixas de Nina. Gosto de andar, perambular sem o calor e as multidões do dia, sentir a brisa que sopra do mar, ver os tipos que só aparecem quando a madrugada chega. Depois do fechamento do jornal, gostava de caminhar a pé, sair do centro da cidade, passar pela Lapa, encontrar amigos, jogar conversa fora, beber e brindar à vida, apostar uns trocados na sinuca, às vezes no pôquer, seguir pela Glória em direção a Botafogo, atravessar a São Clemente inteira, do Largo dos Leões ganhar a Jardim Botânico, subir a Pacheco Leão até o Horto já com o sol nascendo. Nos últimos tempos tenho zanzado pelas imediações da agência, na zona portuária, e foi um encantamento descobrir as ruelas que levam à Saúde e seus casarios assobradados, igrejas coloniais, ruas de paralelepípedos, famílias em cadeiras nas calçadas, crianças brincando de soltar pipa ou bola de gude, bares que ainda vendem fiado para os vizinhos. Em um passeio por ali eu voltava dois séculos, visitava um estilo de vida que há muito se perdeu, embora aquele alienígena gigantesco em forma de museu saísse da baía e me assustasse. Mas é bonito, Nina dizia. Nina gosta das esculturas modernas. E a praça nova, meio árida, devia ter mais árvores, um jardim. Nisso ela concordava.

Fiz de Nina a mulher mais feliz do mundo durante um tempo, pelo menos era o que ela me dizia, a voz rouca, a cabeça dela repousando no meu peito. Mais tarde ela se cansou de mim, já não dizia isso com tanta frequência e eu não percebi. A gente ainda é muito primitivo, Neandertal, acha que conquistou a mulher e que ela é nossa para o resto da vida, basta a gente existir que a mulher é nossa, esse é um grande erro e talvez eu tenha errado aí, mas ela não precisava jogar tudo para o alto, botar as coisas em malas e sair porta afora. Como pode ter se cansado de mim ela não me disse, só falou que era o ponto final. E pronto. Acabou, Pedro, acabou. Eu só posso me encolher num canto e esperar a tempestade passar, a luz voltar. E chorar. Chorar e beber.

No meu peito, a angústia cresce. Nina tinha ido embora levando nossa vida nas malas. Dor e sufocamento, ferroadas desde o meu umbigo até o meio do peito. O ar escolhia um outro percurso para chegar aos meus pulmões, rasgando traqueia, laringe, faringe, perfurando as costelas. Gotas de suor brotavam na minha testa. Frio.

Nina é razão pura, lógica cartesiana, contas pagas, previdência, fundos de investimento. E eu? Eu não sou nada, nunca fui nada, nunca serei nada, até diria, por mais que isso soasse piegas. Eu sou o clichê. Sou o inconsequente, divertido para uns, sombrio para outros, sou o cara do copo de uísque que gosta de ouvir as pedras de gelo balançar, o do porre nas ruas, do andar trôpego, aquele das crônicas vagabundas escritas em guardanapos de bar, tão ordinárias que vão para o lixo no primeiro sopro de sobriedade. Sou o artista da fotografia em preto e branco – alguns me atribuem essa pretensão que eu não tenho, nunca tive e não terei. Eu não sou nada. Sou só o magricelo das apostas no cavalo que vai correr logo mais no Jockey, o barbudo mal encarado que se afoga no cheque especial, aquele do cartão de crédito estourado que foge de gerentes e das cobranças. Eu sou o idiota, o macho primitivo que nem sabe fazer fogo esfregando dois pauzinhos, que mal vai à caça, o macho primitivo, dou risadas, tomo um chega pra lá e perco o meu grande amor. Eu sou esse.

E o amor, o que é que eu faço com o meu amor? Perguntei para Nina. Para onde vai o mundo se as pessoas só pensam em termos ridículos, saúde financeira, como ela diz, em crescimento econômico, PIB, PEC, índices, metas de inflação, câmbio flutuante, inferno? O planeta inteiro igual, onde está a diversidade, a cultura, a graça de cada um, quem é melhor, quem vai atirar primeiro e perguntar depois, números, estatísticas? Isso cansa, Nina, você devia saber.

Fico perdido aqui neste apartamento úmido, com uma lâmpada pendendo do teto, olhando buracos na estante, uma parede com figuras imaginárias e três gatos recém-nascidos em pleno estupor da infância.

Os gatos voltam a se aninhar uns no calor dos outros, embolados. Eles não entendem nada do que eu digo. Nem eles nem Nina, ela nunca entendeu, percebo isso só agora. Há um muro entre nós, e não é para conter imigrantes. Um muro, erguido lentamente, tijolo por tijolo, cimento e cal, construído por nós mesmos, sem nos darmos conta.

Nina retira as roupas do armário, guarda em malas, fecha o zíper. Com ela se vai o cheiro que me embriaga e acende todos os meus sentidos. Joga tudo de qualquer jeito em cima da cama, guarda perfumes e cremes em *nécessaires*. Os cheiros, meu deus, os cheiros, ela vai embora com eles.

Os gatos miam na caixa de papelão, não sabem nada sobre o mundo, a mudança climática que faz esse estrago lá fora, traz tufões, furacões, estouros de energia. Não sabem nada sobre o Estado Islâmico, o ISIS, o Daesh, que importa o nome, não sabem nada os gatos. Os gatos não sabem da missa a metade.

    Levanto e tento fazer Nina largar as malas, preciso convencê-la a ficar. Retiro umas roupas da bagagem, ajeito-as novamente no armário, tento abraçá-la, arrancar sua blusa, quero abrir os botões, ela diz não faz isso, eu prometo ser o homem perfeito dali em diante, mesmo sem saber o que é isso, Nina, eu te amo, mas ela se desvencilha de mim como se eu fosse um garoto tentando roubá-la num sinal qualquer, e vai embora. Eu vou ser feliz, ela grita. Como é possível falar de felicidade nessa hora, num apartamento úmido, com falta de luz, debaixo dessa chuva, com os gatos famintos numa caixa de papelão? Alguém precisa dizer a essa mulher que felicidade é tomar uma garrafa de uísque, ouvir Nina Simone com *Don't Let me Be Misunderstood*, passar a mão pela cintura dela, aconchegar seu corpo ao meu, sentir seus braços envolverem meu pescoço, dançar colado e dizer eu te amo no ouvido dela.

    Nina some ladeira abaixo, leva as malas de couro e todos os cheiros do mundo antes que eu faça qualquer movimento. Escuto o carro descer o Horto debaixo de chuva. Eu o imagino atravessando lentamente a rua Jardim Botânico alagada, a Lagoa, o trânsito parado. Para onde ela vai? Será que ela chorou o que eu choro aqui?

    Os gatos querem leite, miam chorosos e eu me derramo por eles. Pego os três no colo e aproximo-os do meu rosto. Eles me lambem o nariz, seus bigodes finos me fazem cócegas, me olham com ternura, um desses momentos raros na vida, e que me emocionam profundamente. Uma onda de amor. Agulhadas percorrem meu abdome. Suor frio.

Meto a mão no copo e pego um pouco de uísque. Respingo na cabeça do primeiro gato. Repito com o segundo e o terceiro. Eu vos batizo: Pier, Paolo, Pasolini, em nome do pai, do filho e do espírito santo.

NÃO TE AMO MAIS.
    Essas palavras no meu pensamento nos últimos tempos, algumas vezes engasgadas na garganta, outras na ponta da língua, sem fala, sem dimensão. Sufocadas em lágrimas nos travesseiros. Discutidas na terapia, arrancadas do inconsciente, travadas por algum mecanismo que me impedia de fazê-las ganhar som. Essa frase simples, quase banal, uma imensa angústia que comprometia meu ânimo, minha concentração, levava embora qualquer traço de paz que eu pudesse ter. Vivia agitada, o corpo empapado em suor ao despertar, invadida por pensamentos, a fraqueza e certo temor do que o dia preparava para mim. E de repente aquelas quatro palavras foram ditas. Pedro, sem fazer nada mais, deitado no sofá, se embebedando, como sempre, foi o que fez sair a frase assim sem mais nem menos. Para fechar o ano. Partir para uma nova etapa. Não te amo mais. Pronunciei com a voz clara e pausada: não te amo mais. De forma calma. Simples. Minimalista. Didática. Não te amo mais. Acabou, Pedro, acabou. Pedro disse que era um *job* no queixo. As metáforas ou hipérboles nas

quais ele insistia para fugir do ponto central, divagar, tergiversar e não encarar o fato da nossa vida juntos ter acabado e ninguém ter colocado o ponto final. Ele fugia do acerto de contas. Discutir a relação de novo, Nina? Perguntava e parava de me ouvir, não absorvia uma palavra, era impermeável a críticas. O problema estava sempre no outro. Ele me olhava aparvalhado, tentava me convencer a ficar, prometia que ia mudar, parar de beber, promessas em vão. Tentou me segurar, me levar para a cama, me chamou de meu amorzinho, eu resisti. E de repente era mais fácil não me dobrar aos encantos de Pedro. Não me toca mais, pedi, firme. Queria fugir daquele apartamento, partir para uma outra vida.

Acabou, Pedro, acabou.

Eu queria deixá-lo sofrer, queria. Sádica, fui sádica sim, confesso que fui, e senti prazer nisso. Ele mereceu. Não me arrependo. Não queria ouvir suas explicações, sua racionalização precária, suas promessas de melhorar e pensar mais como casal, ele, que às vezes se referia a essa expressão com um tanto de ironia, como se dois fosse muito para ele. Afinal ele era o Pedro e o Pedro se bastava. Olhava para mim e para os três filhotes de gato, que se mexiam dentro da caixa de papelão esperando que eles dessem as respostas a tudo o que passava pela sua cabeça. Depois, no sofá, os olhos no teto, imóvel, as lágrimas, o copo se equilibrando na barriga, a mão no peito, a tal dor terrível, Nina, vou morrer se você for. Pálido, coberto de suor, o cabelo grudado na testa.

Uma tempestade enquanto eu fazia minha mala, mais cedo que a previsão meteorológica. Os cachorros me acompanhavam o tempo inteiro, a gravidade de tudo, eles sabiam, apavorados pelo barulho de trovoadas e fogos, o olhar de suplício.

Até agora me pergunto qual o sentido de sair correndo de uma vida que, durante um bom período, era tudo o que eu mais queria. A gente se apaixona e, de repente, do nada, desapaixona.

Pedro ficou parado em algum lugar e eu segui, cheguei até aqui. E percebi que estava sozinha.

Eu tinha investido alto na nossa relação. Saí do apartamento novo em Ipanema para morar com ele num prédio antigo, úmido, sem garagem, um único elevador velho com porta pantográfica. Fiz algumas reformas, mudei os móveis. Fui brincar de casinha, ele me dizia quando eu o cobrava ou o fazia atender ao que ele chamava de meus caprichos. Fiz planos de envelhecermos juntos, com segurança financeira, aplicações, previdência, seguro de vida. Pensei em comprar um apartamento novo, casa de praia, sítio, viagens, conhecer lugares românticos, exóticos, jantares à luz de velas, a música que seria a nossa trilha sonora, da qual nos lembraríamos lá na frente, no final da vida. Que cafona eu fui, assumo.

Amei Pedro sim, amei. Amei-te como um bicho, com um desejo maciço e permanente, ele recitava numa esperança vã que Vinicius me convencesse a parar, respirar, voltar atrás e continuar como se todo o sentimento ainda fosse real. Segui todos os passos para que fosse eterno. E não foi. Paciência, as coisas acabam.

As coisas acabam, eu repeti naquela noite até ele balançar seu dedo acusador no ar. Do que ele me chamaria agora? Eu não me importava de feri-lo cada vez mais. O amor acaba, era o que eu sabia, não é infinito. E o meu amor? Pedro perguntou, a voz muito baixa, ofegante, e eu não tinha resposta para essa pergunta. Seria capaz de fazer um tratado sobre a paixão, ilustrar com pinturas, figuras, imagens ou o que fosse, mas não saberia responder sobre o amor dele. Fiquei muda. Tudo o que eu poderia dizer foi o que disse, sem uma palavra a mais ou a menos.

Acabou, Pedro, acabou.

Apressei minha busca pela casa, calada. Arrumei a mala, peguei minha bailarina de bronze, juntei o que era meu e o que precisaria para os próximos dias. O resto eu pegaria depois. Deixei os gatos pra lá, na caixa de papelão, não eram problema meu. Peguei Dupont e Dupond no colo, as orelhas caídas e os olhos tristes me davam dó, adorava aqueles bichos. Mas me despedi, era chegada a hora. Saí batendo a porta, mesmo sem gostar de cenas. A gente faz cenas quando precisa, hoje eu completei minha cota e bati a porta, sim. Desci e tinha os olhos embaçados por lágrimas que me doeram ao apertar a garganta. Me senti parecida com ele, tão melodramática. Por que os casais ficam tão semelhantes nos pequenos detalhes?

Ainda chovia, lá embaixo devia estar alagado, a Jardim Botânico transbordava com qualquer chuva, mas não era nenhuma enchente tão grave quanto Pedro dizia. Não havia desabamentos, o aeroporto não fechou e a vida continua. Não vai, Nina, chove demais, a cidade está submersa. Não vai, pensa um pouco e espera até amanhã, durante o dia, com o sol claro. Ele tentava me convencer, enrolando a língua. Bêbado. Ouvia buzinas ao longe e também um samba na quadra ali perto, no Horto, onde Pedro batia ponto na época do carnaval.

Guardei a mala no carro. No Jardim Botânico, a água escoava. Pessoas de branco seguiam para Copacabana, o espetáculo dos fogos. Da Lagoa, consegui chegar a Botafogo, desci a Voluntários da Pátria, o Aterro fechado para o réveillon. O trânsito sem problemas na Praia do Flamengo. Santos Dumont a tempo de estacionar e embarcar no último voo do ano.

O cansaço no meu corpo. Queria dormir, esquecer as últimas horas. De cima, a cidade diminuía aos poucos, a orla salpicada de pontinhos iluminados. No meio do céu, entre nuvens, em algum ponto entre o Rio e São Paulo, a paz.

Voltava a São Paulo. Enfim.

A cidade vazia no feriado, imagem rara. Cheguei à casa de Sophia, minha mãe. Um abraço apertado, sinto muito, disse. E chorou comigo. Meu pai, farto de Pedro, eles nunca se viram com bons olhos, foi solidário, vai dar tudo certo, você vai ver, me beijou no rosto. Descansei a cabeça no colo de Sophia enquanto ela afagava meus cabelos. Porque as mães são assim, sabem das dores e consolam. Eu chorava porque parte da minha vida estava enfiada naquela mala de couro, embolada com roupas e sapatos. A outra parte se deitava no colo da mãe como uma menina. Uma terceira tinha impulsos de fazer o caminho de volta assim que o sol nascesse e se jogar nos braços de Pedro de novo, como tantas vezes o fez, mas uma quarta parte me impedia dessa insanidade completa, não tenha medo, pior que estava não poderia ficar, e ainda uma quinta me apoiava, me mantendo quieta por um tempo. Eu era tantas em uma só. O medo de não amar mais. De ficar sozinha para o resto da vida. De nada mais dar certo.

Na minha cama, a TV num desses programas de vendas da madrugada, o perfume de dama da noite misturado à brisa e, por instantes, saudades de Pedro, das palmeiras do Jardim Botânico, dos cheiros daquele apartamento.

NASCI NUMA FAMÍLIA de classe média de Botafogo, único homem entre três mulheres bem mais velhas, temporão. Uma família comum, uma família vazia, daquelas que se sentam à mesa na hora do jantar, falam sobre fatos cotidianos, não se aprofundam em nada em especial e posam para fotos de final de ano com sorrisos nos rostos. Todas as famílias felizes se parecem, mas cada família infeliz é infeliz à sua maneira. Eu não percebia a infelicidade de pertencer àquela família.

Do pai, o único que me tratava como ser humano e não como um mico amestrado, herdei o amor pela fotografia. O velho tinha um estúdio fotográfico em Botafogo, quase ao lado de onde era o cinema. Era uma loja de dois andares, o quarto escuro na parte de cima, nada resistiu à passagem do tempo, tragada pela construção civil e transformada num prédio horrendo, de pastilhas amarelas e janelas de esquadria de alumínio. Aquele sobrado só existe na minha memória. Ainda sinto o cheiro daquele lugar, uma mistura de produtos químicos e material de limpeza, mofo e metal, o meu canto favorito entre todos os cantos da infância. Gostava de ficar lá com o velho, vê-lo manusear os rolos de negativos, admirava a destreza dele na escuridão quebrada pela luz vermelha, a escolha das melhores imagens para projetá-las no papel, depois o mergulho nas bacias de revelador e fixador e a mágica das imagens ao aparecerem lentamente durante a secagem num varal improvisado em cima da pia, o papel pendurado com pregador de roupa. Sentia um respeito pelo jeito delicado que ele tinha ao atender os clientes no estúdio, as conversas ligeiras, a inteligência e cultura sem ser um erudito, era só um homem do povo, de calças sociais com vinco e sapatos de bico fino, camisas brancas, suspensórios, de cabelos ralos grisalhos, as entradas proeminentes, um tufo à frente, um pouco curvado, talvez pela altura, talvez pelo cansaço, um cigarro sempre aceso no canto da boca, a barba e o bigode amarelados pela nicotina.

Um homem devotado às filhas e à mulher, a quem obedecia com fervor. Com mulher não se discute, dizia, me lembro bem. Eu adorava a Rolleiflex erguida num tripé, no estúdio, os flashes e refletores ladeando, um banco alto no meio, um espelho na parede para o cliente se arrumar antes de posar. Ainda pequeno, eu já conhecia marcas de câmeras, os modelos, as lentes que deveria usar e para que tipo de foto precisava de uma normal ou uma grande angular. Costumávamos fotografar ao ar livre aos domingos, o dia de folga do velho. Íamos ao Largo do Machado ou Parque Guinle, ao Cosme Velho, ao Grajaú ou Vila Isabel, ou à Praça xv, Paquetá e Niterói. Ele gostava de igrejas, de apreciar suas colunas e altares adornados, os santos, os vitrais, os confessionários, os bancos compridos, as velas.

Me falava sobre o calçamento de pedras portuguesas que cobre grande parte dos bairros, formando ondas discretas, talhado por escravos, fotografava as folhas caídas no chão, os obeliscos das praças públicas, os chafarizes. Gostava do silêncio dos cemitérios e das fotos de anjos que adornam as lápides. Lia os epitáfios, traduzia para mim os dizeres em latim. Na galeria do Largo do Machado, o pai me levava ao restaurante árabe onde eu me empanturrava de esfirra e suco de laranja. Na hora do almoço, a mãe o repreendia, o Pedrinho está sem apetite de novo, se encheu de besteira na rua, e ele balançava a cabeça e me dizia, come, meu filho, come mais um pouquinho, num tom de cumplicidade a me pedir que eu o tirasse da enrascada de levar bronca da mãe. E eu comia, em consideração a ele eu comia, mas nunca fui muito bom de garfo. Sou melhor de copo. Às vezes, alguém emprestava um carro e íamos à Barra da Tijuca e ao Recreio, só nós dois, e fotografávamos o mar, a praia vazia, a restinga, a vastidão do horizonte, a noite caindo. O pai nunca teve carro.

E de uma hora para a outra, aquele idílio entre pai e filho terminou. Era um domingo de sol e céu azul, igual a tantos. Eu tinha doze anos. Como o pai se sentia mais cansado que o habitual, não fizemos o nosso passeio. Ele ficou na cama até mais tarde, enquanto as mulheres da casa foram à missa das nove. Chegamos a tomar café da manhã juntos, ele me preparou um leite queimado com pedaços de chocolate, depois voltou a se deitar e eu passei a manhã com a turma da vila jogando bola na rua. A mãe chegou da missa, estranhou o velho ainda dormindo e, quando o tocou, percebeu que ele estava gelado, inerte. Tão moço, aos cinquenta e seis anos, como diziam no velório. Até hoje me lembro do tom agudo do grito da mãe ao descobrir o pai morto. Um grito furioso, assustado. Foi naquele dia que parei de acreditar em deus, no menino Jesus, no espírito santo, nos santos e santas, na virgem Maria, em todas as virgens, em todos eles. Pai, fica comigo, eu implorava entre lágrimas, até que a irmã mais velha me tirou daquele quarto e depois não me lembro de muita coisa. Parece que minha vida deu um pulo até meus quinze, dezesseis anos.

Ser filho caçula e temporão é de uma solidão tremenda, isso eu aprendi desde que era pequeno e confirmo mesmo agora, quando isso não deveria fazer diferença. A gente vive rodeado de adultos, imerso num mundo chato e cheio de regras, sem ter um companheiro de verdade para repartir a infância, sem ter a tal da cumplicidade, as irmãs funcionam como tias que só sabem cobrar e chamar sua atenção, te tratam como um eterno bebê. Quando tiveram filhos, eu era novo demais para ser tio e muito velho para brincar com eles como um irmão, continuei tendo um buraco enorme dentro de mim, uma solidão profunda. Há uma distância de todos que é intransponível, nunca passou e, ao contrário, se aprofundou depois que o pai morreu.

O pai era o elo, era quem conversava comigo, com ele eu podia ser um garoto de verdade. A mãe sempre me infantilizou, nunca conseguiu me ver como um adolescente, um homem. Até hoje, se preocupa se eu me alimentei direito, se estou agasalhado, se eu não vou pegar sereno à noite, se não acho que bebo demais. Não, não acho. As irmãs me procuram para falar coisas que nunca me interessaram, são mesquinhas, só se importam com elas próprias e repetem os cacoetes da mãe, se estou tomando cuidado, a cidade está um perigo, querem saber se eu estou bonzinho, me tratam no diminutivo, me fazem ser tão pequeno quanto elas e as famílias que formaram. Ninguém nunca me pergunta se eu estou feliz, se sou realizado, se preciso de amor, de afeto.

A mãe era pedagoga do Estado. Conseguiu me matricular no Colégio de Aplicação. A casa alugada, numa vila da Dona Mariana, eu em colégio público, as irmãs encaminhadas e o salário de funcionária pública permitiam uma vida que não dava para gastos extras, a inflação de três dígitos corroía tudo, mas não era nenhuma situação de penúria. Fiz vestibular e entrei na Federal. Jornalismo.

Era final da década de 80. Bandas do rock brasileiro me davam um pouco de ânimo, tocavam o que eu pensava, falavam de amor e desencontros, de política e corrupção, mas eu continuava perdido naquele período. Queria o pai, que falta ele me fazia. Passava os dias trancado no quarto, depois que voltava das aulas, ouvindo música, lendo Nietzsche, Camus, Heidegger, Weber, às vezes alguns romances. Eu era pesado, eu sei, muito pesado. Festas de natal, aniversário, datas como essas eram o verdadeiro pesadelo. A falsa alegria pela reunião da família, a mãe atarantada querendo agradar as irmãs, maridos, namorados e filhos, brindes a mais um ano juntos, trocas de presentes inúteis, promessas e simpatias, o horror.

Legião era a minha banda preferida, botava o dedo na ferida. Cazuza embalava minhas primeiras conquistas amorosas, que eram bem poucas então. Eu continuava tímido, retraído, braços cruzados, cabeça baixa, olhos no bico do tênis. Mas era alto, magro. Deixei o cabelo crescer, uma barba rala cobriu o meu queixo e esse jeito de menino carente me ajudou nas conquistas. E eu tirava meu proveito, embalado também por Police, U2, Queen, Guns n'Roses, Supertramp, AC/DC, Michael Jackson. Naquele tempo, as irmãs diziam que eu me parecia com o Salsicha do Scooby Doo, a crueldade nos menores detalhes sempre foi a marca delas.

Lá fora, o mundo pegava fogo. O mundo sempre pega fogo, percebo agora. Margareth Thatcher invadia as ilhas Malvinas, ou Falklands, depende do ponto de vista, sufocava a greve dos mineiros ingleses, reforçava sua política de privatização de estatais e corte de gastos. Reagan investia em sua estratégia de paz através da força. Logo Gorbachev seria eleito o último líder da União Soviética e a dissolveria. *Perestroika* e *glasnost* foram palavras que marcaram meu início de vida adulta. Dali a um pouco mais, o muro de Berlim chegaria ao fim e eu acompanharia sua demolição já como profissional, a mesma atenção com que décadas antes a humanidade viu o homem chegar à lua. Um dia, no futuro, no parque alemão e de costas para o Portão de Bradenburgo, eu me perguntaria como essa cidade pôde ser dividida assim, na marra.

Aqui no Brasil era um momento de grande agitação porque pela primeira vez em vinte e tantos anos íamos votar para presidente. Consegui dispensa do serviço militar graças a um conhecido da mãe, não serviria nunca, dizia que iria fugir daqui, desertaria se pegasse exército. Apoiei as Diretas Já. Participei dos comícios na Candelária, levava uma bandeira imensa do país na mochila, me enrolava nela. Nina perdeu essa fase, só sabia das Diretas Já por imagens. Era pequena, na época. Talvez, se tivesse vivido, pensasse diferente hoje em dia.

Passei a adolescência trancado no quarto, ouvindo minhas músicas, lendo meus livros, me enfurnando em mim mesmo para, aos poucos, conseguir sair do meu casulo, descruzar os braços, erguer os ombros e olhar os outros de igual para igual. As peladas no campinho atrás do Canecão, seguidas de chope e bate papo e embaladas ao som do rock, me ajudaram a tirar um peso dos ombros. A praia no Posto 9, no final do dia e aos fins de semana.

Eu estava mais ou menos na metade da faculdade quando consegui um estágio em um grande jornal carioca. Cobria os acontecimentos da cidade, das tragédias às festas, exposições, lançamentos de livros, peças, filmes, discos. Convivia com gente que eu sempre considerei genial na arte da imagem. E fui me destacando, era bom nos enquadramentos, tinha um olhar especial, observava bem a luz, prestava atenção na informação que queria transmitir. Por onde passava fui conquistando repórteres, estagiárias, às vezes até alguma celebridade a ser fotografada, todas eram alvo, eu não discriminava, gostava das seduções e de ser conquistado também. Mas apaixonar, não me apaixonava não. Passaria incólume pelo amor, gostando de todo mundo, mais de umas que de outras, mas mãos tremendo e vigilante ao telefone? Não, isso nunca me aconteceu.

Uma série sobre crianças que trabalhavam para o tráfico de drogas nos morros cariocas, em que consegui mostrar que elas não eram tão diferentes de todas as outras que a classe média cria em casa, com seus todinhos e biscoitos recheados, resultou no meu primeiro prêmio importante. Passei meses indo ao Dona Marta, em Botafogo, naquela época uma barra pesada mesmo. Levei na lábia, consegui autorização do chefe do morro, fiz ele ver que eu era um cara bacana, igual a ele, tomamos algumas cervejas juntos, fiquei amigo de moradores e, aos pouquinhos, fiz as fotos. Mas não quis o prêmio, nem apareci para pegar. Saí do jornal arrumado para receber o troféu, de blazer e tudo, a entrega seria em um hotel em São Conrado, mas antes encontrei uns amigos no Bar Lagoa, comi salsichão e salada de batata, bebi chopes e várias doses de uísque. Carros passavam rumo ao Rebouças ou ao corte do Cantagalo naquela que é a paisagem mais linda dessa cidade de São Sebastião. E eu ali, do outro lado da varanda, vendo os automóveis, fiquei sentado, joguei conversa fora, bebi muito e me esqueci da hora e do prêmio. Meu chefe o recebeu por mim.

    A foto premiada era de um garoto negro, de uns treze anos, esquálido como os personagens de Henfil, os olhos enormes saltando do rosto, o sorriso sem os dentes da frente, sujo, de camisa amarela desbotada da seleção brasileira, empunhando um fuzil militar quase do seu tamanho, com seus bracinhos fracos. A imagem correu o mundo. O Brasil é isso aqui, é bandidagem, é criança abandonada, é favela, era o que as imagens gritavam e o que eu queria gritar. Eu bebi o prêmio. Tim-tim. Depois fiz reportagens sobre ecologia, novidade numa época em que a expansão urbana se tornou desmedida, fase em que a Mata Atlântica foi trocada por torres e arranha-céus despersonalizados e a Amazônia abriu espaço para madeireiros. Certa época, já reconhecido, tentaram me colar a alcunha de fotógrafo do meio ambiente, entre aspas, essas aspas embutidas com críticas trazendo a reboque a expressão ecochato, mas houve até quem acusasse Tom Jobim de ser chato quando ele fez *Passarim* também, o que dizer? Os idiotas, esses sempre estarão por aí, dedo em riste, chamando alguém de alguma coisa. Era mais que necessário frear a sanha louca das construtoras, mas o progresso era o contraponto alegado, o dinheiro passado por baixo dos panos, os projetos horrendos aprovados e as construtoras a encher as burras com condomínios na Barra da Tijuca. O sonho americano do subúrbio tropicalizado, com a vida artificial isolada da realidade. Foi também quando começaram a levantar as caixas de concreto fechadas que passaram a reunir lojas, restaurantes, diversões e que dizimaram os cinemas, tomaram o lazer das ruas e praças. A infraestrutura do país continuou precária e só fez piorar, o esgoto sem tratamento derramado nas lagoas, a falta de transportes públicos, as comunidades paupérrimas, o tráfico. Não foi à toa que nos tornamos isso que está aí, cidades inabitáveis e desumanas.

    Numa noite de março, uma chuva muito forte caiu na cidade. Foram mais mililitros de chuva naquelas horas do que o esperado para todo o mês. Toneladas de lama desceram de morros de Santa Teresa atingindo uma clínica de idosos. Velhos, essa é a palavra correta, idoso ou terceira idade não quer dizer nada, mais uma das expressões vazias politicamente corretas que cismam em replicar por aí. Eram velhos enrugados, magros, desnutridos, inconvenientes, largados pelas famílias à espera da morte, que naquela noite de chuva morreram soterrados, afogados no próprio leito. Eu fiz a reportagem quando o dia raiou, fui o primeiro a chegar, e até hoje me sinto atingido pelo cheiro da lama, a parede que desabou nas camas onde dormiam, a indigência, os lençóis sujos, a agulha que espetava as veias. Ganhei outro prêmio com essas fotos, que também correram o mundo, expondo um pouco o país para além do samba e do futebol. Esse prêmio, também bebi. Nunca quis prêmio nenhum. Só queria que alguém prestasse atenção e fizesse com que essas fotos não fossem mais possíveis.

Nina me dizia que sou um sonhador, não sei mais o que pensar.

Fiz ensaios fotográficos com ribeirinhos às margens do rio Amazonas, em aldeias onde se leva de dois a quatro dias de barco para chegar, com moradores do polígono da seca no nordeste, suas vidas áridas, suas crianças de pele e osso ao lado do gado macilento. Retratei o dia a dia de pantaneiros, a vegetação, a fauna da região e a devastação do cerrado pela plantação de soja. Fui às fronteiras do país e mostrei como agem os contrabandistas. Cobri comícios de políticos de todos os partidos. Participei de coberturas de Copas do Mundo, Olimpíadas. Ganhei outros prêmios. Alguns eu bebi de novo. Outros fui lá na homenagem, os recebi, fiz discursos e estão na minha estante. Publiquei livros de fotos. Mudei de emprego algumas vezes. Ganhei e perdi dinheiro. Namorei muitas mulheres, sem amar nenhuma. Não casei. Não tive filhos. Não queria construir mais uma família infeliz à minha maneira...

Mas aí conheci Nina.

Aos vinte e poucos anos, dona do mundo e tão capaz de tomar as decisões mais sensatas contra todas as evidências, conheci Pedro. Pensei estar no auge da minha maturidade e da capacidade de sedução ao conquistá-lo. Que bobagem, Nina, às vezes você é tão infantil.

Eu tinha acabado de chegar de uma temporada na Universidade do Texas, em Austin, onde fiz um curso de jornalismo investigativo. Queria estar entre os grandes do país, desvendar a sujeira varrida para baixo dos tapetes dos órgãos públicos, ministérios, a relação promíscua entre governos e empresas. Era jovem, idealista, tinha sonhos. Ainda os tenho, mas fiquei mais realista. Precisava.

Estudei jornalismo, me especializei em economia na melhor faculdade, fui contratada como *trainée* na maior revista semanal do país e depois fui para um grande jornal, onde conheci profissionais que admiro muito e que foram verdadeiros professores para mim. Eu gostava de superlativos, gosto, meu sonho era também ser destacada na minha profissão. Acabei por me inscrever no curso americano influenciada por meu editor, que achava que eu levava jeito para perseguir reportagens exaustivas, escarafunchar os fatos escondidos e não me perder.

Sou filha única de um advogado especializado em Direito de Família e de uma cenógrafa que trabalha com teatro. Cresci num ambiente em que dinheiro nunca foi problema, mas Carlo e Sophia, meus pais, me ensinaram que a vida custa caro, que tudo tem seu preço e trabalhar no que se ama é o principal na vida de uma pessoa, ao lado de amor, família e amigos.

Austin é uma cidade bonita, com bastante área verde, mas não é nenhuma Nova York nem São Paulo e um mês depois de começar o curso tudo o que queria era voltar. Enfrentei a rotina de estudos e pouca diversão e aguentei o tempo previsto. Dificilmente descumpro minhas metas. De lá, fui direto para o Rio, para uma vaga de repórter especial de economia do meu antigo jornal, A Tribuna, na sucursal carioca.

O Rio superava um esvaziamento para viver as delícias da riqueza do petróleo. O turismo voltava. As favelas mais tranquilas. Grandes obras recuperariam espaços degradados e trariam mobilidade urbana. Com a perspectiva de sediar jogos olímpicos e a Copa do Mundo, e muito marketing – afinal, sem ele não se faz nada – o cenário era de renascimento e crescimento econômico. Ninguém imaginava que a decadência viria ainda antes das Olimpíadas. Eu estava muito animada para começar minha nova vida carioca nesse cenário.

Amava o Rio desde a primeira vez que fui à cidade, nas férias, com meus pais, ainda menina. A chegada ao Santos Dumont e aquela imensidão de céu e mar misturados, o contorno das montanhas. O sotaque carioca. Os esses em xis que Pedro falava me encantaram desde a primeira vez. Sabia que um dia teria que cumprir a promessa que me fiz ali, naquele momento, menina, de morar na cidade.

Como repórter especial de economia, fui viver em um apart hotel entre a Lagoa e a praia de Ipanema. Tinha emprego num dos grandes jornais do país, assinava manchetes de primeira página, frequentava os melhores lugares e fazia novas amizades. Eu estava feliz com meus superlativos.

Uma amiga do jornal me convidou para uma exposição de fotografias numa galeria recém-inaugurada na Gávea. Um casarão antigo reformado, no qual conservaram o pé direito duplo e derrubaram todas as paredes, formando um espaço amplo, revestido de argila e metal. A iluminação completava a obra. Uma foto central, exposta na parede principal da galeria, mostrava mãos de crianças amarrando maços de folhas de fumo. A imagem em preto e branco fazia um jogo de luz e sombra e ampliava poros, pelos, cortes de pele e unhas sujas de meninos. Era uma imagem bastante forte, assim como as outras, de crianças acendendo o fogo de um enorme forno claustrofóbico, onde as folhas de tabaco são queimadas. Havia ampliações de garotos e garotas louros, de olhos azuis, descendentes dos alemães que colonizaram o sul do país, com o rosto manchado de tanto sol, de pés descalços e sujos, pés que pareciam de velhos, com micose. E na boca, cigarro. Tão pequenos e já fumam, um homem me disse e eu respondi concordando com a cabeça, era triste ver isso. E o homem disse que havia coisas muito mais tristes, como manter o fogo do forno aceso dia e noite, num trabalho interminável. Um calor lá dentro, você não tem ideia. Era um cara bonito, mas havia algo melancólico nele e em seu jeito de falar, com a voz meio rouca e em baixo tom, de quem fala para si mesmo. Eles têm que manipular tonéis de agrotóxicos para evitar as pragas das lavouras e ficam muito doentes, aposto que você não sabia. Não, não tinha ideia disso. Quase ninguém sabe, essas coisas não são mostradas. Também deixam de ir à escola e de brincar para ajudar os pais na roça. Ele devia ter uns quarenta anos, tinha a pele sardenta, umas ruguinhas em volta dos olhos azuis, usava a barba rala bem rente. Os cabelos estavam cortados curtos, em desalinho, e vários fios brancos se destacavam no que um dia deve ter sido castanho. Alto, esguio, o nariz um pouco comprido. Ele continuava a falar sobre as crianças nas plantações de fumo, endividamento, depressão e suicídios, quando minha amiga veio me apresentá-lo. Ah, então eu já conhecia o autor das fotos, né? Era bem diferente de como o imaginei, talvez não com um jeans velho, um *All Star* encardido e a camisa amarrotada para fora da calça. Parecia ter saído de uma cobertura de manifestação, suado, direto para a exposição. Muito prazer, Pedro, ele disse, estendendo a mão, um sorriso no rosto. Nina, apertei sua mão, e sorri de volta. Tinha mãos grandes, como as de um pianista. Ele tomava um uísque com gelo e me ofereceu uma bebida, mas preferi o vinho branco que era servido. Esta era sua segunda exposição centrada na denúncia de trabalho escravo no país. Há anos, se tornou conhecido pela produção de imagens da gente oculta, a população invisível, como ele dizia, aquela que não chama a atenção e que todos fazem questão de que permaneça escondida. São os moradores de rua, as crianças abandonadas, as prostitutas, os transexuais, os que habitam um submundo do qual não nos damos conta. É uma gente marcada por dores e prazeres simples, igual a todos nós, mas que vive escravizada por exploradores, trabalha em condições desumanas, chafurda numa lama que tinha sido a mesma que seus pais chafurdaram, e era a mesma de seus avós e bisavós e todos os antepassados, ele explicava.

Eu já deveria saber, naquela altura da conversa, que esse discurso não encontraria eco na forma como eu pensava. Mas além de usar jargões ultrapassados, Pedro parecia conhecer o mundo, viajava muito, adorava cinema e conseguia dar um toque de humor ao trivial. Acho que foi isso que me atraiu, o que nos aproxima do outro, o que posso dizer? Trabalhava no jornal concorrente ao meu, recebeu vários prêmios, fazia algumas reportagens especiais para revistas estrangeiras, tinha livros publicados e exposições no exterior.

Vamos sair à francesa, esse clima de grande acontecimento é muito chato, cochichou comigo, já me levando para a saída. Achei curioso ele sair da sua própria exposição, sem se despedir de ninguém, mas não pensei muito nisso. Cada um com suas manias.

Ele me convidou para jantar. Caminhamos até uma praça e Pedro me levou a um bistrô, que logo se tornaria um dos nossos cantos favoritos. Pediu mais um uísque, eu alternei entre vinho branco e água com gás. Dividimos peixe, camarões, salada. Ele me contou das suas viagens pelo país fotografando aldeias indígenas, quilombolas, meninas prostituídas, a tal população invisível, rios, praias, florestas, animais. Eu escutei mais que falei.

Pedro conhecia cinema, de Antonioni a Tarantino, gostava de tudo, menos dos pretensiosos. E quem gosta dos pretensiosos? Era fã de rock, de Springsteen, meu deus, já viu Srpingsteen cantando Staying Alive?, devorava livros, era amigo de gente que eu admirava. Tinha acabado de adotar dois filhotes de *daschunds*, eu adoro aquela raça de corpo comprido e patas curtas, chamados Dupont e Dupond. Sim, ele amava Hergé e disse que escolheu a profissão para ser igual ao Tintim. Trabalhava no jornal para ter um salário fixo, porque a rotina é sofrível, gosto mesmo é das pautas inusitadas, de sair por aí vendo o que acontece. Eu entendi, claro que sim, nada como fotografar o invisível, era natural. Um sorriso no rosto. E o queixo quadrado. Era solteiro.

Aceitei o convite para conhecer o apartamento dele e outras fotografias suas, sabendo ler nas entrelinhas.

Pegamos um táxi. Pedro disse o endereço ao motorista, me abraçou e me deu um beijo. Eu correspondi. Senti sua mão alisar minhas costas, descer até o cóccix e talvez fosse mais além se o carro não tivesse chegado ao destino tão rápido. Um prédio baixo no Horto, bege de janelas verdes. Não conhecia o bairro ainda, achei lindo o casario, a rua de paralelepípedo e o Jardim Botânico ali ao lado fazendo de conta que era um simples quintal das casas. O prédio não tinha porteiro. No elevador, uns outros carinhos. Ao entrar em casa, Dupont e Dupond pularam e uivaram de alegria por ver o líder da matilha, Dupond com d mais sensível, se virou de barriga para cima, e Pedro se deitou no chão para que eles festejassem sua chegada. Os cachorros eram lindos, pretos com patas e focinhos marrons, Dupont com t um pouco mais arredio que o irmão gêmeo.

Uma bagunça aquela sala, com o sofá roído, almofadas destruídas, jornais espalhados, louça em cima da mesa, roupas atiradas em cima de cadeiras. Logo, os bichinhos pegaram brinquedos e jogaram aos meus pés para que eu atirasse para eles. Gostaram de você, só brincam com quem têm afinidade, são muito seletivos esses cachorros, me explicou.

Fomos para o quarto, os cães nos olharam carentes. Pedro fechou a porta, tirou a camisa e a calça e me puxou para ele, desabotoou meu vestido, em seguida o sutiã, a calcinha, me fez deitar na cama e começou a beijar meu corpo. Levou um tempo maior no meu umbigo, subiu pelo abdome e colou os lábios ao meu seio, rodeando o bico com a língua. Uma mão segurava o outro seio, apertava, a outra me acariciava entre as pernas. E às vezes boca e mãos se alternavam. Eu também percorri o corpo dele e ele gemia, fazia um barulhinho gostoso de ouvir, feito criança tomando um sorvete. Tudo o que eu queria era ter aquele homem dentro de mim e, quando isso aconteceu, lembro de ter sido uma das maiores alegrias da vida. Para Pedro, também foi uma alegria, porque quando terminou, ele começou a gargalhar. Passei aquela noite com ele, no dia seguinte repetimos a noite, depois repetimos o dia por várias vezes.

Meu apartamento em Ipanema durou pouco tempo. Eu mal conseguia parar lá. Saía do jornal, encontrava Pedro e acabávamos na cama, na casa dele por causa dos cachorros. Para não pagar aluguel à toa, entreguei as chaves e me mudei para o Horto. Alguns amigos acharam prematuro, insistiam para eu pensar mais um pouco, mas eu respondia que amava Pedro e que sabia o que estava fazendo. Talvez devesse ter esperado mais, ter amadurecido um pouco, é fácil enxergar isso tendo vivido o que vivi, mas naquela época, diferente de hoje, eu era só certezas.

A CASA ONDE EU PASSEI minha infância, em Botafogo, precisava de uma boa reforma, mas não havia dinheiro para isso, os ganhos do pai e o salário da mãe eram no limite para pagar as contas e a inflação corroía grande parte do que se ganhava. O pai alugava a casa de um português, dono de toda a vila, que não queria saber de nenhuma obra, só interessava recolher o aluguel a cada quinto dia do mês, ano após ano, décadas e décadas, tu que te vires, ele dizia quando o pai reclamava. O aluguel era antigo, havia uma dificuldade grande em conseguir alguma coisa melhor por um preço bom e a família preferiu tapar o sol com a peneira, fazer pinturas esporádicas, uns consertos aqui e ali e continuar naquela casa, que afinal era muito bem localizada. Estavam escavando o metrô e tudo no bairro. No meu quarto, a parede tinha algumas infiltrações que estufavam a tinta e um fio solto saía do rodapé.

Um dia, depois do jantar, fui brincar com um jogo de montar, com peças de madeira coloridas. Estava numa fase de construir casas, pontes, torres, fortes, e criava minha própria cidade, tijolo por tijolo, quando, por um descuido, peguei uma pecinha e minha mão agarrou junto um fio solto da tomada. Levei um choque tremendo, gritei, desmaiei, correram comigo para o pronto-socorro. O choque não deu em nada, mas desde esse dia, quando eu fazia alguma coisa fora do normal, diziam que era o fio desencapado.

No dia em que conheci Nina, eu estava atrasado para a abertura da minha exposição sobre trabalho infantil em lavouras de fumo, numa galeria da Gávea. Eu perco a hora para qualquer coisa, não uso relógio, tenho dificuldade para calcular o tempo e abertura de exposições não é bem o que chamo de diversão. Eu não queria nenhuma recepção, pedi à curadora para só inaugurar e pronto. Mas esse pessoal gosta de festas, de convites com letras douradas em alto relevo, de badalações, de receber amigos e investidores de arte, de coquetéis e bebidas. Acho muito chato todo o circo armado em torno desses eventos. Entrevistas para a imprensa. Responder às mesmas perguntas de sempre, de como eu comecei e o que eu quis dizer com aquela foto ou aquela outra. Eu não quis dizer nada, nunca quero dizer nada, não sou ninguém para dizer alguma coisa, nunca fui nada. A foto está lá, o que você vê? Vê crianças pobres, feias e sujas? Pois estão trabalhando. O que eu quis dizer com isso? Que este país continua explorando suas crianças? Seus velhos? Seu povo? Por que me fazem perguntas tão óbvias? Não gosto de entrevistas, não gosto de aparecer, mas a curadora insistiu tanto que, para me ver livre dela, aceitei cumprir todo o protocolo. Além do mais, ela prometeu que as fotos renderiam um bom dinheiro e eu estava precisando, havia dívidas a pagar e um trocado cairia muito bem. Sempre há dívidas para pagar.

Eu atraso mas não gosto de dar desculpas; o trânsito está horrível, houve isso, houve aquilo. Não gosto. Atraso porque é do meu feitio, há pessoas pontuais e até as que chegam muito antes do horário. Eu chego atrasado, sempre. Neste dia me planejei para chegar a tempo, mas perdi a hora porque nenhum táxi conseguiu me pegar em casa. Um caminhão de lixo tombou no túnel e a cidade viveu mais um dia de purgatório. A mim, de banho tomado, barba bem aparada, perfumado com lavanda, calça limpa, camisa passada, só restou descer o Horto de bicicleta até a Gávea. Sobrou também a desculpa verdadeira, do trânsito.

A galeria ficava numa bucólica ladeira um pouco acima do shopping. Se na década de vinte o bairro era cenário de corridas de carro, nos tempos atuais as várias escolas, consultórios médicos, clínicas, shoppings e a universidade faziam com que o trânsito não ultrapassasse os trinta quilômetros por hora, quase a mesma velocidade das baratinhas do começo do século passado, ou da minha bicicleta. O túnel acústico, que liga a zona sul a São Conrado, completa o panorama desolador daquele pedaço da cidade. A rua Jardim Botânico estava tão engarrafada que eu mal conseguia pedalar, carros e ônibus trancavam o espaço onde se podia circular e engoli muito gás carbônico. Mas cheguei à Gávea, subi a Marquês de São Vicente, muita bebida e poucos exercícios ao longo da vida tornaram o percurso equivalente a um *Tour de France* e, lá em cima, entrei na rua da galeria, à direita. Deixei a bicicleta num poste em frente à casa antiga reformada, que abrigava a minha exposição. Estava suado e com a camisa grudada no corpo, o cabelo que havia cortado na véspera colava na testa. Precisei de um uísque para recuperar o fôlego, segui direto para o banheiro, lavei o rosto e tentei me recompor. A curadora estava nervosa com meu atraso, era daquelas mulheres formais, achou que eu não iria, me ligou mil vezes, meu celular tem um problema crônico de sinal, expliquei, e depois de muitos salamaleques e desculpas, ela me apresentou para alguns clientes.

Minhas fotos tinham sido ampliadas, trabalhadas de forma a realçar as granulações em tons diversos entre o branco e o cinza mais escuro e estavam penduradas nas paredes de pé direito alto, com luz indireta. Cheguei a sentir orgulho da minha obra.

As pessoas dão atenção demais a si próprias, têm egos proporcionais à mediocridade, todos se acham geniais e felizes, ainda mais nos últimos tempos, com essas mídias todas e a facilidade de alcance de qualquer comentário. E, hoje, todos se acham fotógrafos também, depois da transformação de celulares em câmeras. Eu me recuso a manter perfil em rede social e adicionar gente de quem não quero ser amigo nem na vida real, não ligo para ninguém, não gosto de falar no telefone e não quero postar nada para que me achem inteligente ou descolado, a palavra da moda. Eu não sou esperto, nem inteligente, muito menos descolado. A vida real já é muito difícil e eu sou analógico, ainda escrevo à mão e estaria usando filmes e revelando fotos no quarto escuro se pudesse.

As crianças da minha exposição perdem a infância exploradas, tenham respeito por elas, senhores, eu tinha vontade de falar, mas reparei que a sequência de fotos chamava a atenção de uma mulher bonita, os cabelos presos no alto da cabeça, com uns fios se soltando cacheados, emoldurando o rosto redondo com um queixo saliente. Ela destoava das outras que estavam ali, tão artificiais, cabelos alisados, vestidos brilhosos. Hoje em dia todas as mulheres parecem iguais, com maçãs de rosto destacadas, lábios grossos e cílios postiços, corpos tão musculosos, uns braços masculinizados, Ridley Scott não pensaria nelas para criar seus androides, a estética foi muito além da ficção. Essa mulher admirando minhas fotos era diferente, natural, sem maquiagem, vestida de forma simples e elegante, um pano laranja no pescoço protegendo do ar condicionado, sandálias de salto baixo, as batatas das pernas saltadas. Gosto de panturrilhas. Quando me aproximei senti seu cheiro cítrico, de ervas, frutas, de frescor, o cheiro que jamais me deixaria.

Fumam desde pequenos, lamentei ao chegar perto dela tentando ter alguma coisa para puxar assunto, e ela respondeu que era triste ver coisas assim, me olhou de frente, dois pingos de mel. Eu disse que havia coisas piores, o mundo é cruel e a humanidade é capaz de cometer atos que provocam grandes aflições. Ela estava realmente comovida com as imagens e era inteligente, tinha um brilho nos olhos que não se via muito por aí. Logo depois alguém nos apresentou. Era jornalista também, cobria economia. Veio de São Paulo, tinha um sotaque que não arrastava os erres e esses e pronunciava as vogais com clareza. Nina tinha um jeito de falar aberto, separando as sílabas, perfeita. Gostava de Pink Floyd. De Nina Simone. De Bach. Da Legião. De Fellini. E de Woody Allen, Almodóvar e Coppola. Admirava Capa, Helmut Newton, Doisneau. Sebastião Salgado e Evandro Teixeira. Tinha visto exposições em galerias de Londres, Paris, Estocolmo, Berlim e Nova York. Comprava livros, era fã de Dostoievski e Tolstoi, eu estava admirado, diante de uma mulher que não é um androide e que conhece as coisas boas da vida, um assunto puxava o outro e vi que era muito bom conversar com ela, nenhum tema se esgotava.

Essa é minha mãe, apresentei a velha a Nina, minha irmã, meu cunhado, quando eles chegaram. Atraso é marca de família, nunca foram pontuais em nada e quando entraram no salão a exposição já tinha começado havia mais de uma hora. A mãe me abraçou como se eu fosse um menino, que *posters* lindos, Pedrinho, ela sempre fazia isso, me chamava no diminutivo na frente de qualquer pessoa, em qualquer lugar. O cunhado tentou puxar papo com Nina e ela, delicadamente, se esquivou, disse que ia procurar a amiga. Ganhou mais ainda minha admiração. Ele sempre foi maçante e basta um minuto para percebê-lo. Nina era esperta.

O coquetel corria sem problemas, garçons serviam uns canapés esquisitos de sabor indefinido, coloridos, em bandejas que pareciam palheta de pintor, essas modernices superficiais de hoje em dia. Havia menos bebida do que eu gostaria, mas eu não podia abusar, aquela era minha noite e eu tinha que ser atencioso com os amigos, com tantas pessoas a me cumprimentar e dizer que adoravam minhas fotos, sugerir temas disso ou daquilo, emendar questões das quais eu não queria saber. Só me interessava conversar com aquela mulher, ouvir sua voz rouca, suas sílabas bem pronunciadas, sentir seu cheiro, saber mais sobre ela. Via Nina circular entre os convidados, ao lado da amiga, um jeito leve de andar, elegante, costas retas, cabeça erguida de quem tem segurança e sabe que nada de ruim vai lhe acontecer. Era uma mulher determinada, eu podia concluir.

Vamos sair daqui, vem jantar comigo, convidei Nina, falando baixo para que mais ninguém se intrometesse no programa. Resolvi não cumprimentar os convidados, já havia lhes dado atenção suficiente, além do mais acho as despedidas inconvenientes, sempre há alguém com um outro assunto de forma que esses tipos de encontro nunca acabem. Não dei adeus nem para a mãe, no dia seguinte ela reclamaria e diria que eu fiz uma desfeita, as famílias são muito suscetíveis a mágoas.

Nina aceitou meu convite e saímos pela noite fresca de começo de outono. Me esqueci completamente da bicicleta. Quando lembrei, no dia seguinte, e liguei para a galeria, ninguém sabia de bicicleta nenhuma. Há um mundo paralelo onde meias, óculos, moedas e canetas vivem. Minha bicicleta tinha ido para lá. Fomos descendo a Marquês de São Vicente, Nina e eu, naquela hora tranquila e agradável. Depois do jantar comemos um brigadeiro de colher, Nina confessou que não resistia a chocolate. Quando entramos no táxi, disse o endereço ao motorista, passei a mão pelo ombro de Nina, desci pelo braço, senti a firmeza dos músculos e a pele aveludada, beijei sua boca. Aquela mulher iria mudar a minha vida, eu soube desde o momento em que a vi parada de frente para minha ampliação. Ela aceitou meu convite de ir até a minha casa. Gosto de mulheres que não fazem jogo. Não entendo porque insistem em fingir que não querem ir à nossa casa, demoram a ceder por um, dois, três encontros, precisamos nos conhecer melhor, dizem, até que dão o sinal verde e é aquela mesma coisa de sempre, depois a vontade de não ver mais. Com Nina foi o contrário. Nina aceitou meu beijo, me beijou de volta, gostou do meu carinho em suas costas, da minha mão pelo seu corpo. Subiu ao apartamento sem fazer de conta que estava ali só de passagem. Brincou com meus cachorros. Gostou de brincar comigo na cama, no chuveiro brincou de novo. Nina me dava choques ao tocar em mim, me fez carinhos de forma como nunca havia sentido. Nina era meu fio desencapado.

MORAR NO RIO ME TRAZIA ondas de felicidade, como descer a ladeira de manhã, bem cedo, de bicicleta, outono, o sol ainda não tão forte, uma brisa no rosto, dar de cara com a Lagoa, depois ir para o clube nadar. Na piscina, conseguia esvaziar minha cabeça, só pensava em reforçar as pernadas, dar as braçadas e respirar, manter a frequência cardíaca. Minha mão entrava na água com vigor e suavidade, os quatro dedos primeiro, a palma fechada provocando bolhas d'água que se misturavam às que saíam pelas minhas narinas. As bolas refletidas nos azulejos, à Beatriz Milhazes, no fundo da piscina, bolas azuis, vários tons de azul, brilhosas, algumas pretas por causa da faixa da raia, outras prateadas pelos raios de sol que incidiam naquele horário. Movimentos perfeitos, alongados. Respiração compassada.

Outra onda de felicidade era acordar cedo e ver Pedro ao meu lado. A claridade me acordava, eu escutava os passarinhos, e todos os dias me deslumbrava com as palmeiras imperiais do Jardim Botânico que surgiam quando abria a janela e com a fresta da Lagoa, ao longe, à minha esquerda.

Pedro era, então, coberto de beijos, mas ele dormia o sono dos justos, como dizia, e por isso não acordava. Se aconchegava mais, ajeitava a mão por baixo do travesseiro e sonhava algum sonho que eu nunca saberia qual era. Por isso, saía quase todos os dias sem Pedro. Quando deixava o quarto, Dupont e Dupond acordavam, levantavam da caminha no canto da sala e pulavam em mim. Eles têm um ritual diurno de correr pela casa, subir no sofá, rosnar e uivar. Repetidas vezes. Era a onda de felicidade deles.

Nos dias em que não nadava, pedalava na Lagoa. Na volta, subia a ladeira com a marcha mais forte, sentia as pernas enrijecerem. Entrava numa das ruas à esquerda e continuava a subida. Quando chegava em casa, não resistia a beijar a nuca de Pedro, enquanto ele ainda estava dormindo. Fazia um carinho nas costas, ia beijando até a lombar, roçava meu corpo no dele e, por fim, ele despertava, me abraçava preguiçoso, dizia que nunca tinha acordado tão bem. O ser humano é feito de rituais.

Carlo e Sophia, meus pais, me questionaram muito, especialmente Carlo, quando devolvi meu apartamento. Eles acharam precipitado ir morar com Pedro. Eu tinha minhas razões, ficava mais tempo lá do que em casa, adorava os cachorros e era bom demais dormir e acordar com Pedro, passear no Jardim Botânico e passar o dia na cama. Além do mais, eu pagava minhas contas e eles não tinham nada a ver com isso. Não eram eles que diziam ter orgulho de terem me criado com independência e responsabilidade? Se desse certo ou não, o problema era meu, informei a eles, com delicadeza, mas de forma definitiva, sem abrir brechas para qualquer intromissão.

Na primeira oportunidade depois que me mudei, fomos a São Paulo. Queria apresentar Pedro aos meus pais, ele é encantador, dizia para Sophia, que marcou um jantar para a família e amigos. Pedro não gostava de encontros daquele tipo, tentou escapar o quanto pôde e se recusou terminantemente a se hospedar na casa deles. Brincando, dizia não sou um cara de família. Eu aceitei, ficamos bem instalados num hotel, mais privacidade.

Lembro daquele sábado como um dos dias mais intensos que tivemos juntos. Tomamos um *brunch* com meus pais, quando os apresentei a Pedro. A beleza é hereditária, disse, galanteador, quando conheceu minha mãe. Muito juízo com minha filha, foi o recado de Carlo. Tomamos champanhe, era dia de comemoração, uma tacinha apenas. E Pedro continuou a beber uísque ao longo do dia. Passeamos pela cidade, mostrei a ele meus lugares favoritos, fomos ao Museu da Língua Portuguesa, que pouco tempo depois pegou fogo, uma pena. Passamos horas trancados no quarto aproveitando o tempo perdido. Pedro dizia que até me conhecer, todo o tempo passado sem mim foi perdido. À noite, ele alegou estar cansado, mas era impossível desmarcar o compromisso e Pedro se mostrou um tanto contrariado.

Éramos nós quatro, e meus tios, o irmão de Carlo e sua mulher. Sophia preparou risoto de funghi e parmesão, fez minha sobremesa favorita, mousse de chocolate. Carlo era o especialista em cordeiro, e o encontro foi regado a vinho italiano. Tudo pensado para dar certo, as companhias ótimas, a comida deliciosa, risadas, brindes, mas Pedro ficou muito bêbado. Nunca o tinha visto daquele jeito. Estava impaciente, inconveniente e as amarras da sociabilidade começaram a se romper ali, pela primeira vez, naquela mesa decorada com flores num jarro, talheres de prata, guardanapos de linho, taças de cristal. Não sei o que levou Pedro a esse comportamento, nunca iria entender o que o motivava a destruir momentos agradáveis.

Meu pai vinha de família de imigrantes, um pouco rude, e Sophia lhe ensinou boas maneiras e a ser mais sofisticado, sem perder a simplicidade. Sempre trabalharam, são honestos, conquistaram tudo que têm com trabalho, sempre dependeram de suas profissões, mas Pedro parecia ver na prosperidade um grande drama moral, uma apropriação indevida de bens. Ninguém enriquece com trabalho honesto, Nina, era o dogma de Pedro, e eu tentava convencê-lo de que há inúmeras histórias de sucesso de forma limpa, sem corrupção.

Carlo é advogado, igual ao nono Gianni, o primeiro da família Bernardi a conseguir um diploma de nível superior. Seus avós eram agricultores em Asti, no Piemonte. Cultivavam uvas, faziam o próprio vinho, criavam cabras, mas saíram pelo porto de Nápoles rumo ao Brasil para trabalhar nas lavouras de café paulistanas, incentivados pelo subsídio do governo brasileiro que, na época, lá pelo final do século dezenove, tinha um projeto de clareamento da pele dos brasileiros. E, para isso, nada como trazer imigrantes de uma Europa em convulsão social. O nono Gianni nasceu em São Paulo, batalhou desde pequeno, foi *office boy*, ajudante de caminhão de mudança, fez carretos. Morava em pensão no centro da cidade, estudava à noite, e com muito esforço acabou se formando como advogado. Seus filhos Carlo e Giovanni tiveram uma vida melhor. Nada de luxos, só um pouco mais de conforto e estudo. Sophia, minha mãe, também vem de família que passou dificuldades na vida. Ascendência polonesa. Gente que fugiu da guerra. Nada lhes caiu do céu. Nem para mim, embora Pedro pensasse que a vida dos outros é sempre mais fácil que a dele.

Um navio com refugiados naufragou na costa mediterrânea, mais um, e a notícia nos chegava na hora do jantar. Uma tragédia repetida tantas vezes, aquele cargueiro abarrotado de gente boiando em águas esverdeadas ganhou uma dimensão inesperada. Do nada, Pedro tomou as dores daqueles pobres coitados e enxergou a nós como adversários. São heróis, têm sim que buscar uma vida digna, danem-se o que pensam os europeus e essa corja toda, disse ele, gesticulando de forma a englobar todos nós quando pronunciou corja. Que isso, Pedro, está louco, eu me surpreendi. Mas ele não me deu atenção e seguiu acusando. A Europa colonizou o mundo inteiro, exportou imigrantes para tudo quanto é lugar e agora não quer receber quem tem uma cor mais escura, quem usa véu, quem reza diferente? Não é bem assim, meu pai tentou contemporizar, no meio deles pode entrar alguém com más intenções e é preciso fazer uma triagem rigorosa mesmo, tem que se adotar algumas regras. Eu ouvia fragmentos, estava tão surpresa com o rumo que as coisas tomaram. Além do mais, quem vai pagar a conta? Era a dúvida de todos, nenhum país sustenta um estado de bem-estar social com tanta gente chegando. Essa pergunta trouxe um ódio em Pedro que eu ainda não tinha percebido. Ah, sim, claro, quem vai pagar a conta? Um Pedro debochado repetiu, só entram os que puderem trabalhar na faxina das casas das madames, cuidar de suas roupas, servir seus jantares, limpar suas privadas, lavar as calçadas, recolher o lixo. Só entram as mulheres que fazem o bom sexo que suas esposas lhes negam. Entram os que forem mais clarinhos, os limpinhos. O resto que morra na praia, mulheres, crianças, não importa, que se explodam. Era um texto teatral, quase ensaiado, Pedro era mesmo um artista. Mas meu registro não é completo, só os pedaços de discussão, ora um falava, outro jogava uma informação, as vozes soltas no ar. E Pedro atropelava a todos, o rumo inesperado, a voz alterada, o som da ironia: comemos costeleta de cordeiro e bebemos vinho enquanto a humanidade naufraga. Então bateu palmas. Aí arrastou a cadeira para trás, se levantou e ergueu a taça para brindar, os gestos estudados, brinde à saúde dos afogados, dos ferrados, dos que têm esperança de uma vida melhorzinha do outro lado, porque boa nunca vai ser. Ninguém brindou. Eram lavas chegando à superfície, não captadas em nenhum radar. O silêncio tornava a respiração de cada um de nós mais intensa, e ele parado, por um longo tempo, sorriso irônico nos lábios, a taça erguida no ar. Até que meu tio disse: deixa de bobagem, rapaz, senta aí, tanta coisa boa acontecendo, a família reunida, essa boa comida preparada com carinho. É isso que o Ocidente dá para eles, Pedro respondeu com desprezo, o desrespeito, não me surpreende que queiram varrer o inimigo da face da Terra, explodir trens, jogar avião em torres. Ei, Sophia disse, você está misturando as coisas rapaz, e é você quem está fazendo ligação entre refugiados e terroristas, ninguém nessa mesa disse isso. Mas Pedro insistiu: é a mídia que passa essa ideia, assim como a de que pobre e favelado é traficante ou ladrão. Então foram as minhas lavas que vieram à superfície, saí do choque de ver aquele homem, de fala mansa, tomando dores alheias, e pedi: chega dessa encenação toda, você também faz parte da imprensa, ou se acha tão especial, tão acima de tudo e de todos? Mais uma vez aquele barulho irritante de talheres batendo na louça. Ele se sentou, mas insistiu no assunto, você está entendendo o que eu falo, não se faça de ingênua, não defendo terrorista, mas acho justo que os oprimidos se revoltem quando a religião deles é atacada, as mulheres deles são suspeitas só porque usam burca, por exemplo. Quando desrespeitam a crença e o deus deles. Deus, você vai falar de deus? Logo você que não acredita em nada? Vai defender que se mate pessoas por ideologia, por religião? Não é preciso debochar, ele argumentava, fazer charge, usar Alá. O discurso dele me irritou. Chega, Pedro, você já estragou nosso jantar. Bati a mão na mesa. E só então ele me olhou e se calou. A mousse de chocolate foi servida, e um pouco depois, o café, mas o jantar já tinha azedado de forma irreversível. Ninguém arriscou um novo assunto.

Carlo veio me perguntar, na cozinha, se eu tinha pensado bem no que estava fazendo. Esse cara é grosseiro, um equivocado, e eu sorri nervosa, ele gosta de provocar, justifiquei, foi uma bobagem, ele não é assim, bebeu um pouco demais. Pedro do outro lado da sala, em pé, olhando o horizonte de luzes acesas além da janela, mais um copo na mão.

Para que tanta rispidez, perguntei quando caminhávamos para o hotel. Outro longo silêncio. A noite gelada, a rua vazia. No quarto, insisti. Por que você agiu daquele jeito? Ah, Nina, me irrita quem ataca os que batalham um lugar ao sol. Como um homem brilhante como ele podia ter uma justificativa tão canhestra, eu não parava de pensar nisso. Estávamos em lugares diferentes, em mundos diferentes, não era possível que falássemos sobre o mesmo assunto. Não é verdade, o único que atacou injustamente foi você. Ele me olhou incrédulo. Você os tratou mal, chamou de corja, usou essa palavra, foi rude, ninguém estava defendendo que não se deixe entrar refugiados. Eu só dei minha opinião, era essa a defesa dele, ou essa sua turma não permite que se tenha opinião diferente? Mais uma vez, me surpreendi. Minha turma? Que história é essa? São meus pais, meus tios, minha família. Por que essa má vontade, essa falta de educação? No fundo você ofende a mim. Pedro me olhou como se saísse de um transe, como se só naquele momento percebesse o equívoco de julgar as pessoas que não conhece. Não foi nada disso, Nina mia, é que eles me pareceram arrogantes, superiores. Falaram dos refugiados como se fossem uma gentinha que não merece respeito. Pedro continuou com um longo discurso e, ali, naquele quarto de hotel, senti novamente o prenúncio de discursos que eu ouviria tantas vezes depois. Eu acho que você tem um problema sério de auto estima, por fim eu o interrompi, não se sente igual, talentoso, capaz de viver e muito bem do seu trabalho. Você vê sucesso e boa remuneração como coisas ruins. Não entendo. Pedro me olhava, sem dizer nada. Eu continuei. Você não acha que merece ganhar bem pelo trabalho que faz? Você tem uma sensibilidade tremenda. Ele continuou quieto, sentado na beira da cama. Não é possível que você tenha tido uma atitude tão agressiva e infantil à toa. Você acha que é o que? Você foi criado com o melhor que puderam te dar, estudou em boas escolas, fez faculdade, teve suas opções.

O que é isso, meu amorzinho, ele me abraçou, vamos deixar para lá. Se eu fui rude, te peço desculpas. Só sou a favor de se andar por aí sem problemas, a Europa não é senhora da verdade, tem que olhar para os lados, para os países que pedem ajuda. Não é certo alguns terem tanto e tantos terem tão pouco, é o que eu penso, você não? Pedro queria colocar as coisas a seu favor, eu deveria tomar muito cuidado. Você foi indelicado, Pedro, estúpido, foi sim, me assustou com tanta raiva. Desculpa, não queria te ofender, te assustar. E me abraçou, e beijou o meu pescoço. Voltou a ser o Pedro que eu conhecia.

Talvez tenha sido naquele momento que comecei a estender meus limites e achar que era questão de estilo, de retórica. Aos poucos, me afastei. Deixei de dar atenção ao que Carlo e Sophia tinham a me dizer, um medo do que eles viam e eu não queria enxergar. Na vida, a gente escolhe lados, naquele momento escolhi o lado de Pedro.

A família de Pedro era bem diferente da minha, a mãe e as irmãs falavam alto e ao mesmo tempo, no fundo ninguém se ouvia, e se mostravam muito servis a Pedro, que reinava absoluto. As irmãs o abraçavam, o cobriam de beijos, reclamavam do longo período sem que ele as visitasse. Eram três irmãs, todas muito parecidas fisicamente com o próprio Pedro, rosto fino, nariz comprido, mas ele era estranhamente bonito e elas não, aparentavam um cansaço, um desgaste da vida.

No dia em que fui ao apartamento da mãe dele pela primeira vez, Pedro levou um presente para ela, um lenço de seda que ajudei a escolher, e abraçou-a com carinho, mas existia uma boa distância entre eles, uma falta de diálogo evidente, as conversas sobre o tempo, o mimo exagerado para que o garotinho crescido comesse. Aos oitenta e tantos anos, a velha senhora se levantava do sofá, durante a novela, para preparar batatas fritas caso Pedrinho a visitasse morrendo de vontade de comer, afinal ninguém faz batatinhas como a mãe. Talvez por ser o senhor de tudo e de todas, ele continuasse a agir como um menino que tem vassalos para os afazeres mais corriqueiros e espalhasse a roupa pela casa, deixasse a louça se acumulando na pia, não desse banho nos cachorros, não saísse com eles para passear. Logo ele, que reclamava tanto do modelo escravocrata brasileiro e da exploração das empregadas domésticas pelas madames, dependia de alguém para ter a casa limpa, os bichos asseados e a roupa lavada e passada. E, no entanto, não percebi isso naquela época. A gente não se dá conta que o diabo está nos detalhes. Ou prefere não notar. O que eu queria era dormir e acordar junto todo dia, chegar da natação, deitar na cama, tirar a roupa, beijar a nuca de Pedro, acariciar suas costas, roçar meu corpo nu no dele até ele despertar. Queria meus rituais, minhas ondas de felicidade.

Era outono quando Nina se mudou para minha casa. A rua estava cheia de folhas secas. As palmeiras imperiais em frente à janela estavam mais amareladas, elas que são de um verde muito vivo. O céu, azul meio Monet, esmaecido, o ar mais ameno ou eu é que estava leve, não sei. Nina não tinha móveis, morava num apart hotel mobiliado no estilo modernoso, com muito metal, sofá, cama, colcha brancas e almofadas coloridas, quadros com grafismo, de uma tremenda impessoalidade, como são os hotéis. Ela levou malas com roupas, vestidos, blusas, calças, ternos femininos e tailleurs de executiva, eu nem sabia que chamavam assim esse tipo de roupa, muitos sapatos, as mulheres juntam muitas coisas pela vida. Abri um espaço no armário para as roupas dela e eram tantas que tivemos que comprar uma cômoda, além de jogar fora algumas coisas minhas. Minha coleção de Playboys, com Sônia Braga, Luma de Oliveira e Lídia Brondi, de futebol de botão, de mapas, de figurinhas de jogadores da Copa de 74, Rivelino e Jairzinho, a bandeira do Brasil usada nos comícios das Diretas Já. Um pedaço da minha vida foi alimentar oficinas de reciclagem, o ciclo da natureza, sabe-se lá.

Num feriado, fomos a Tiradentes e compramos a mesa de jantar e o aparador de madeira de lei, forte e bem entalhada, diferentes desses móveis de compensado que se vendem por aí.

Com Nina em casa, Dupont e Dupond ficaram mais disciplinados, passaram a dormir no quartinho, numa cama que ela arrumou para eles num canto perto da tábua de passar, com manta e brinquedos. Por insistência dela, fizemos algumas obras. Eu não faria nada, para que reformar se era alugado? Eu insistia nesse ponto. Esse apartamento está feio e antiquado, reclamava Nina, olha esse piso, todo arranhado, e por fim chamei o cara do sinteco e um pintor para dar conta do recado. Nós, homens, acabamos por ceder nessas pelejas. A sala ganhou uma parede cor de beterraba, esquisita, tapete iraniano, luminária pendendo do teto, o sofá recebeu uma capa branca e almofadas coloridas. Dupont e Dupond ficaram de castigo quando estraçalharam uma série delas, foi engraçado, as tripas das almofadas para fora, espalhadas pelo novo tapete, Dupont com t era claramente mais culpado, Dupond com d entrou de gaiato. Nina aos berros com eles, com uma revista enrolada na mão fingindo que iria massacrá--los. Aprenderam a lição, coitados, ficaram de castigo, os olhos pedintes mais caídos que nunca, não repetiram mais a cena, viraram bichos bem-comportados à moda Nina.

A obra não parou na sala. Nosso quarto foi pintado de azul aço claro – os nomes das tintas, quem ganha dinheiro para pensar nisso? A cama nova também veio de Tiradentes, com uma cabeceira alta entalhada, o armário foi laqueado de branco e uma porta foi espelhada, o que deu amplitude ao cômodo, Nina esclareceu. Num cantinho perto da janela foi encaixada uma poltrona. Gostava de sentar naquela poltrona com Nina no meu colo, nua, a luz violando a veneziana, minha boca em sua pele, minhas mãos em seus contornos.

O escritório mereceu um projeto especial de móveis com um sofá-cama para os hóspedes. Teríamos hóspedes um dia? Por isso eu não esperava. Trocamos os azulejos e a louça do banheiro, Nina conseguiu negociar com a senhoria, era boa Nina nos negócios, a pia agora era escorada num móvel de madeira naval, o box passou a ser fechado com porta de vidro, a cozinha foi revestida por pastilhas coloridas e compramos uma geladeira e fogão inox. Trocamos também as cortinas, agora de linhão cru, as antigas estavam desbotadas e puídas, explicou Nina. Compramos lençóis novos, caríssimos, porque eram quatrocentos fios ou quinhentos ou seiscentos, o que sei sobre fios de lençóis? E toalhas de banho, fofas e macias, combinando a cor azul escuro pra mim, azul claro pra ela, ou cinza ou amarelo e por aí vai. Mulheres gostam de se enrolar em toalhas em dégradé e deixá-las cair a seus pés, em câmera lenta, como num filme, e depois se jogam em nossos braços com o corpo úmido e cheiroso. Nina tinha a pele macia, se atirava para mim, a toalha displicentemente molhada no chão, os cabelos com água ainda escorrendo pelos fios, pingando em meu peito. O cheiro, meu deus, o cheiro de mato molhado e ervas que Nina exalava por todos os poros.

Assim como o apartamento, Nina também resolveu que minhas roupas não eram boas, estavam velhas ou fora de moda, gastas, e passou a me fazer comprar camisas, calças e sapatos, às vezes me dava presentes e, quando vi, o velho Pedro estava tão reformado quanto a casa, de cabelo cortado num salão chique onde cobram uma pequena fortuna por um corte, a barba bem aparada, as camisas passadas e as calças com corte da moda, sapatos de amarrar. O velho *All Star* surrado foi entocado no fundo do armário.

Dupont e Dupond tomavam banho toda semana, usavam perfume para cães e limpavam as orelhas periodicamente com cotonete. Nina gostava de pegá-los no colo, abraçá-los e beijá-los no pescoço, que bichos cheirosos, ela dizia, eles se derretiam com o gesto, Dupond mais ainda, se virava de barriga para cima para ganhar mais carinho e mendigava cafunés todas as vezes que nos sentávamos no sofá. Os dois subiam no colo e descaradamente ofereciam os pescoços para que beijássemos, os sem vergonha, abanavam os rabos compridos, Dupont sempre mais intenso. Eles passeavam todos os dias, comiam ração light e bebiam água de coco, tinham as cinturinhas definidas e as coxas musculosas, estavam mais fortes que eu, que nunca cultivei músculos, sou magro de ruim, como a mãe sempre dizia.

As mulheres têm a capacidade de mudar não só a nossa vida, mas também as dos cachorros.

Legião Urbana nas alturas e Pedro a invocar a mesma ladainha que começava a se tornar repetitiva, por que eu não posso mais vestir essa camisa, nem usar esse jeans, por que você acha eles ruins? Eu gosto desses tênis. No caso em questão, era uma camisa velha, que um dia foi azul com listras brancas, e agora tinha um colarinho encardido e uma marca amarelada debaixo dos braços. Roupas grande demais para ele, corte dos anos noventa, desestruturadas. Eu não entendia como uma pessoa era capaz de se apegar tanto a camisas, calças desbotadas e a tênis furados e com solas tão gastas que não poderiam ser confortáveis. Ele se comportava como um adolescente rebelde, desses que ainda acham que protestam através de roupas surradas. Pedro, você é um fotógrafo respeitado, deveria andar arrumado, não um molambo, eu falava e o beijava no rosto, o abraçava, fazia um chamego para ver se ele sossegava um pouco. Em algumas vezes dava certo, noutras não.

A tese de Pedro é a de que mulheres mudam a vida dos homens, mas eu percebia que Pedro era refratário a alterações de rotina, mesmo ele insistindo que não gostava de fazer todo dia tudo igual e que isso o deprimia. Aos poucos, reparei que a depressão era não fazer exatamente à moda dele. Quando contrariado, ele se metia numa espécie de caverna própria, como um bicho, emudecia, vivia num mundo à parte, solitário. Ele precisava manter os próprios hábitos de solteiro, eu reclamava disso com ele, mas Pedro não se convencia, dizia que estava cedendo demais, já tinha reformado a casa inteira, era a prova definitiva de ter entrado no rol dos casados e isso o colocava na categoria de muito maleável. Essa palavra era dele, maleável, eu mesma via muito pouca flexibilidade.

Muita energia era gasta com essas bobagens. A constância delas também incomodava. De uma hora para outra, Pedro implicava com a comida do dia a dia, não aguento mais comer saladinha e grelhado, e insistia em comer sanduíche de pernil do botequim tal, acompanhado de cerveja, ou cabrito de um restaurante português no centro, próximo ao jornal. Impossível digerir aquilo. Teve vezes de querer ir ao subúrbio para degustar aquela empada que só tem lá, ele tentava me convencer, já que era eu quem dirigia. Achava normal atravessar o trânsito da cidade para se entupir de gordura e queria que eu o acompanhasse.

O dinheiro de Pedro desaparecia em mesas de pôquer, corridas de cavalo e garrafas de uísque. Frequentemente ele entrava no cheque especial. Não se importava com as taxas de juros absurdas. Também acontecia de emprestar a amigos e nunca mais ver a quantia. Houve ocasiões em que não pagou a parte dele do aluguel, este mês não vai dar,

Nina, não tenho de onde tirar, e eu acabei por acertar integralmente com a proprietária, uma senhora idosa que morava no térreo do mesmo prédio. Não dá para não pagar as contas, Pedro, emprestar e não receber de volta. Você acha que eu sou um banco, um agiota, vou ficar atrás de amigos para pegar o dinheiro de volta, era a resposta dele.

Pedro tinha um salário razoável, poderia viver tranquilamente, mas sempre algum capricho aparecia e o desviava do caminho e é claro que tudo terminava em discussões. Nelas minha energia era drenada. Você é muito certinha, Nina mia, planeja demais a vida, era a queixa dele.

Chegava atrasado ao jornal, perdia algumas oportunidades e ficava resmungando que não estavam lhe dando boas pautas. Negava-se a ir a São Paulo comigo quando eu visitava meus pais, e mesmo se eu tentasse persuadi-lo alegando que a noite paulistana poderia ser divertida, ele me vinha com frases de efeito, São Paulo é o túmulo do samba.

Pedro reagia como uma criança resmungona e emburrava se eu insistisse para ele fazer um programa mais refinado comigo. Achava bobagem gastar dinheiro com restaurantes sofisticados, viagens e hotéis, apesar dele não abrir mão do *scotch* doze anos. Eu relevava, e Pedro propunha banhos de espuma, brincadeirinhas na cama, ele dizia, já se despindo, e eu adorava aqueles momentos, ver o corpo dele nu, corpo que não tinha nada demais, até a barriga de tanto beber ele tinha, mas era o meu idílio. Adorava quando ele me beijava e me acariciava, rumo ao quarto, abria meus botões, arrepiava minha pele, deitava o corpo em cima do meu, a língua buscando partes que eu, antes, nem suspeitava que existiam. E eu relevava.

O tempo passava e nossas vidas caminhavam para o marasmo. Situações se repetiam. Ele voltava mais tarde do jornal, não era excesso de trabalho, era o gosto de ficar por lá até o fechamento, bater papo ou sair para tomar chope, Lapa afora, de bar em bar. Um uisquinho com o pessoal, uma sinuquinha, eu não sou de ferro, enrolava a língua quando chegava em casa, de madrugada. E desabava na cama.

Um pouco mais tarde, eu acordava e, quando chegava da minha pedalada matinal, não havia ritual que o acordasse. Dormia pesado. Eu levava os cachorros para o passeio e não abria mão de aproveitar as manhãs. Para quem viveu muito tempo sob um céu cinzento, é impossível perder a luminosidade do Rio, essa explosão de cores em qualquer estação do ano, mesmo nos dias nublados.

Eu me sentia sozinha, pesava e doía. Achava que seria só mais uma fase. Apesar de continuar a sair, ir ao cinema, teatro, frequentar bons lugares, me sentia sempre só, sem Pedro. Sophia me pegava melancólica, questionava se era essa vida que eu sonhei. Isso me incomodava, não sabia muito bem quais sonhos eu ainda tinha.

Profissionalmente, tudo ia bem. Tinha sido promovida a editora de economia, a equipe me considerava competente e confiava em mim, havia um clima bom para a nossa convivência. Tinha orgulho do que fazia, achava meu trabalho importante, emplacava seguidas primeiras páginas, recebia elogios da chefia e era respeitada pelos meus pares. Os tais superlativos de que eu tanto gostava. Mas com Pedro, sentia que, a cada dia nos afastávamos um pouco. Sou assim mesmo, preciso do meu espaço, ele dizia e, então, cantarolava versos da Legião que eu achava um tanto fora de contexto, tanto que passei a detestar as músicas da banda com o tempo. Houve até a fase em que me aproximei um pouco mais de seus amigos. Tentei ao menos. Eu confundia romance de cinema com a vida real, só percebi isso mais tarde. A gente chega a um ponto de onde não dá para voltar atrás, a ser quem imaginava ou quem queria ser. Somos um acúmulo de gostos, prazeres, desejos, vivências muito particulares, individuais. Aos meus olhos, os amigos dele não passavam de bêbados fazendo revolução em mesas de boteco. Bem típico dos anos sessenta. Como personagens de quadrinhos. Eram uns chatos, tolos, fracassados, caricatos. Com eles o tempo parecia não ter fim, no pior sentido da expressão.

Uma noite, num restaurante antigo na Avenida Atlântica, Pedro, eu e dois amigos dele, as mesmas conversas de sempre, de contas que nunca fecham, de oportunidades perdidas, de como os outros têm mais que eles, que coitados, se esforçam tanto, no meio de alguma divagação qualquer, uma mulher entrou. Era bonita a mulher, eu mesma a observei quando atravessou a varanda e fez os homens ao redor se virarem para vê-la. Ela sentou num canto, puxou um livro da bolsa, abriu numa determinada página e começou a leitura, alheia aos olhares e aos barulhos. Pediu uma taça de vinho ao garçom. Independente. Livre. Eu mesma gostaria de estar ali, com um livro e uma taça de vinho, em vez da companhia daqueles homens. Na mesa próxima, entre a nossa e a da moça, uns rapazes se agitaram. Os neandertais, como Pedro se definia tantas vezes. Os primitivos que sentem no ar os hormônios da fêmea e têm que passar seus genes à próxima geração. E começaram a cortejá-la, e a chamavam para se sentar na mesa deles. Ela agradeceu e recusou o convite, educada. Continuou a ler o livro. Um dos rapazes, não satisfeito com a negativa, se levantou e foi falar com a moça. Ela deve tê-lo dispensado, não pude ouvir, ele voltou para a mesa e, de forma agressiva, ele e os amigos passaram a assediá-la. Os homens que não entendem as mulheres, há uma crueldade neles. O mal-estar foi crescendo, fizeram gestos feios, disseram coisas impróprias, falavam alto, para que todos ouvissem. Um deles chegou a se levantar e segurar o braço da moça, então ela teve que pedir ajuda ao garçom para se livrar dos sujeitos. O maitre tentou conciliar, tenham respeito ou vou ter que pedir que saiam. A moça se manteve firme, não se alterou. Outra poderia levantar-se e ir embora. Continuou a tomar sua taça de vinho. Os rapazes acabaram por desistir do assédio, e logo depois foram embora. Jogaram o dinheiro em cima da mesa, as notas amassadas. Tinham perdido o jogo, era evidente, e não gostaram nem um pouco da situação. Será que eles não podem fazer alguma coisa quando ela sair? Perguntei. Um dos amigos de Pedro retrucou: me diz como uma mulher bonita entra sozinha num bar, com esse vestido, e acha que não vai acontecer nada? Eu protestei, aquele tipo de frase me irritou. Pedro riu, achava que ela tinha o direito de fazer o que quiser, usar a roupa que achar melhor, mas supor que não vai ser assediada é ingenuidade. Ela não me parece ingênua. Nem um pouco. Que absurdo, Pedro, não acredito que você pense assim, eu era voz vencida nessa discussão. E o que deveria acabar ali derivou para acusações e foi parar na teoria de que nós, mulheres, queremos toda a independência do mundo desde que o homem pague as contas. Por mais que eu os confrontasse, perdi o debate. O rumo inesperado chegou aos direitos do pobre homem, que às vezes é enganado e explorado por mulheres. Todos eles já sofreram com as crueldades femininas, como num roteiro de filme B. As mulheres só pensam em dinheiro, era a conclusão. E de repente em determinado ponto, que não sei de onde veio, fui chamada de filhinha de papai. Mimada. Riquinha. Alguém que nunca teve que se esforçar na vida porque encontrou a cama feita. E Pedro de certa forma apoiou o discurso equivocado. Naquela hora, o que eu precisava era de proteção, será que ele não percebia isso? Uma espécie de raiva de mim brotava de algum lugar mal iluminado, um desprezo que não sei de onde veio. Por que os bares no Rio são tão barulhentos? É insano manter qualquer conversa nesses ambientes, que ainda tem televisão ligada em futebol, sempre no volume máximo. Sem ânimo, desisti e fui para a calçada. Pedro não veio atrás de mim. Ao contrário, continuou com seus amigos como se eu não existisse. Eu me transformava, assim, numa mulher qualquer, dessas com quem ele se metia antes de me conhecer, uma mulher que é dispensada, descartável.

 Acabei voltando sozinha, pela praia. No rádio, quando Amy Winehouse soltou sua voz potente, lágrimas escorreram pelo meu rosto. Aquela quinta-feira mudou para sexta e eu não consegui dormir. Era uma noite fresca de inverno e a lua estava linda, bem alta no céu, pequena, com seu brilho prateando o mar.

NINA PARECE NÃO SE DAR conta de que a vida é uma sucessão de tragédias onde a gente apenas sobrevive nos intervalos. Ela quer ser feliz, como se fosse só o querer para as coisas se tornarem reais. O que é felicidade? É pagar as contas em dia, viajar e fazer compras? Ter uma família estruturada? Trabalhar no que se gosta? Ela me enumerava os itens e eu não conseguia ver a bem-aventurança neles, é um conceito tão etéreo.

Então você não é feliz comigo? Sim, sou feliz quando estou contigo, quando te vejo ao meu lado, deitada, os olhos fechados, a respiração calma, em paz, sou feliz quando te abraço, quando te beijo, quando faço amor com você. Mas são fragmentos, não me acompanham e no resto do tempo eu me perco na pequenez da vida, no trânsito parado, nas árvores derrubadas para um prédio novo surgir, nas ruas cheias de gente com pressa, nas filas dos hospitais. Você é tão cheio de clichês, Pedro, às vezes isso é tão cafona, ela me acusava. Naquelas fases em que o alerta era acionado e as reclamações se enfileiravam sobre mim, Nina tentava me acordar, mas os rituais não estavam tão bons como no início. Ela ainda me beijava o pescoço, mas não insistia em tantos carinhos e nem roçava o corpo no meu, levantava e ia se arrumar, se maquiava, escovava os cabelos e eu ficava lá, abandonado, entorpecido de sono.

Sim, eu prometi várias vezes acompanhá-la em compromissos sociais, cumpri mal minhas promessas, falhei de novo, deixei as coisas só na intenção, mas esse sou eu, o cara que não vai até o fim das coisas banais, mas eu te amo, Nina mia, aceita isso e sossega. Eu amava essa mulher, apesar dela querer fazer de mim um *homo sapiens* com roupas de grife, sapatos lustrosos e corte de cabelo de duzentos reais. Eu sempre soube que, no fundo, eu sou só um Neandertal à espera da própria extinção, com uma câmera pendurada no pescoço. Nina vive tão centrada na própria vida que não percebe as pequenezas aqui e ali.

Era uma manhã de inverno qualquer, igual a tantas outras, céu azul, sem nuvens, sol fraco. A vida começava de forma normal, lá pelas sete horas. Um rapaz de dezessete anos seguia no carro do pai para casa depois de uma noitada de drogas e em alta velocidade, obviamente sem habilitação, em plena Nossa Senhora de Copacabana, e numa curva depois da República do Peru sua caminhonete subiu na calçada e atropelou três irmãos, de dez, oito e cinco anos, que caminhavam na calçada para a escola. Ficaram esmagados entre o carro e a parede de um edifício. O *air bag* protegeu o atropelador, que saiu ileso. Populares o retiraram de dentro do carro, tentaram linchá-lo, mas a turma do deixa-disso o livrou. Talvez merecesse, não sei, não gosto nem um pouco da fúria popular, não defendo a violência, mas tem casos em que, sinceramente, ela faz todo o sentido. Matar três crianças com uma caminhonete porque está drogado é para, no mínimo, trancar na cadeia e jogar a chave fora. Mas aqui, onde o dinheiro é solução para tudo, o advogado da família conseguiu liberá-lo na delegacia antes mesmo dos corpos chegarem ao cemitério do Catumbi, último destino luxuoso da corte portuguesa e que, agora, vive em franca decadência, cercado por favelas e alvo fácil de tiroteio entre facções. Os túmulos abrigam sambistas, condes, viscondes, marqueses, barões e até o Duque de Caxias ali descansa em paz, porém, hoje, o lugar só serve para quem não tem onde cair morto. Eu fui escalado para cobrir a tragédia. Policiais faziam a segurança em frente ao portão do cemitério. As autoridades temiam algum transtorno por causa da comoção. Moradores do entorno aproveitaram a presença de repórteres para fazer um protesto pedindo mais segurança para o bairro. O cemitério era o retrato do abandono e do descaso, com suas alamedas estreitas tomadas por mato, jazigos depredados e mausoléus em ruína, de onde saíam baratas em profusão. Cães circulavam por ali, sem rumo, seguiam os transeuntes na tentativa de conseguir alguma migalha.

Quando eu era criança, o pai me levava com ele em seus passeios aos cemitérios, ele que gostava de fotografar anjos, querubins, santos, nossas senhoras. Pedro, ele era o único que não me chamava no diminutivo, tenha respeito aos mortos e peça licença quando entrar, ele aconselhava, com a voz serena e tranquila. Íamos ao São João Batista, ao Caju, a Inhaúma, das mulheres polacas, ao de Jacarepaguá, e até alguns outros fora da cidade. O pai preferia os pequenos, que abrigavam sepulturas atrás de igrejas, rodeados de árvores frondosas. Eu levava minha Kodak Instamatic 177, cromada, com a parte de trás preta e meu nome escrito com um marcador de letras.

Foi no cemitério do Caju, numa dessas andanças, que encontrei meu primeiro cachorro. Eu tinha oito anos, e Milu, como o chamei, estava sozinho, encolhido num canto perto de onde se acendem velas. Era de um branco encardido, a barbicha espetada, o rabo enrolado como compete aos bons vira-latas, e eu me tomei de amores por ele. O pai deixou levar e Milu ficou conosco até meus quinze anos, um cão de uma decência e caráter incríveis. Dormia no meu quarto, aos pés da cama. Era fiel. Um dia, sua barriga inchou do nada e, menos de uma hora depois, quando corri com ele para a clínica veterinária, seu nível de açúcar no sangue subiu, a pressão caiu e ele entrou em choque. Depois que Milu se foi, e eu quase morri junto, a irmã favorita me deu uma Bulldog de pelagem malhada, tinha os olhos caídos mais tristes do mundo. Chegou com um laço de fita rosa no pescoço. Ganhou o nome de Olga. Também dormia aos pés da cama, mas roncava alto, o focinho achatado produzia um chiado de velho asmático. Essa roeu o rodapé de casa, comeu fios, destruiu sapatos e se mudou comigo para o apartamento dividido com os amigos da faculdade, quando eu tinha uns dezenove, vinte anos. Mas uso subterfúgios, fujo do assunto. A capela onde os meninos foram velados era árida, apenas um crucifixo na parede descascada e a iluminação fria de lâmpada fluorescente. Uma única coroa com uma faixa onde estava escrito saudades, em dourado, enfeitava o ambiente, os caixões brancos no meio, enfileirados, o chão de cimento queimado, o cheiro de velas e flores murchas, os mortos vestidos em suas melhores roupas. A mãe, empregada doméstica, em choque, amparada por primas e amigas. O pai, porteiro de um prédio próximo ao local do acidente, segurando o pranto. Familiares e amigos consolando o que não tem alívio. Encontrei alguns colegas fazendo a cobertura, mas não me enturmei. Naquele dia não estava com vontade de jogar conversa fora, queria sair dali, chegar em casa, me trancar no meu mundo tranquilo e sob controle. O cortejo seguiu rumo ao paredão que vai dar na rua Itapiru, onde ficam as gavetas nas quais são colocados os caixões, pintadas de cal e com números escritos à mão, tortos, feitos de qualquer jeito, sem nenhum capricho. Gavetas para quem é ainda mais pobre que os outros enterrados ali. Fui na frente, andando de costas, clicando as fisionomias condoídas. Quando chegamos ao gavetário, subi numa lápide para ter um melhor ângulo, de cima e na lateral. Licença, pedi baixo, como o pai me ensinou. Numa das fotos, em primeiro plano, os caixões sendo colocados nas gavetas, mais atrás a cabeça de um anjo de mármore. Ao fundo, um cachorro amarelado esquecido aos pés de um santo. Ao longe, a passarela do samba. A primeira página do jornal no dia seguinte, mas nada me animava.

NASCI DOIS ANOS DEPOIS que Carlo e Sophia foram morar juntos, numa noite de 1983. Eles haviam se conhecido nos anos setenta, no campus da faculdade, onde ele cursava Direito e ela, Artes Cênicas. Cumpriram todo os ritos tradicionais, noivado e casamento e, então, tempos depois, eu completei a família. Era dia da primeira apresentação de Rei Lear para convidados, montagem de um diretor celebrado da cena alternativa e sua companhia, na qual Sophia foi responsável pelo cenário.

Pequena, eu brincava de entrevistar as pessoas com meu gravador enorme e um microfone em punho. Vovó Rachel, mãe de Sophia, achava engraçadíssima a brincadeira e me dava depoimentos surrealistas saídos de sua cabeça, que misturava reminiscências de uma infância nos arredores de Varsóvia e a chegada da família a um país tropical. No Brasil, se estabeleceram em Santa Catarina, onde tinham conhecidos que também imigraram, e Vovó Rachel foi para a escola, dominou o português, aprendeu a nadar, ganhou torneios, trabalhou toda a vida como tradutora do alemão e do inglês. Faz parte da equipe máster de natação da cidade e ostenta um orgulho tremendo de ter passado para a categoria de noventa anos. Diz ela que namorou muitos rapazes até que conheceu Antônio, um músico encantador, aos quarenta. Um amor maduro, ela dizia. Casaram-se e a menina Sophia foi o primeiro fruto desse amor, o segundo foi, André, meu tio e padrinho.

Vovô Antônio, também nonagenário, sofre de demência e cada vez está mais magro, passa os dias na cama, absorto em seu próprio mundo. Um fim anunciado, contra o qual não há qualquer esperança.

Acostumada a uma família afetuosa e expansiva, eu estranhava os encontros da família de Pedro, sempre secos e formais, como se interpretassem personagens de uma peça sem nuances. Suas irmãs não deixavam de cortejar o caçula e atiravam as perguntas prontas sem aguardarem nenhuma resposta. Sua mãe era a figura da gentileza e da boa educação, mas todos os gestos e palavras pairavam numa superficialidade. Ninguém chegava para o Pedro e perguntava o que é que há, você está bem, por que é que você sempre insiste em beber tanto? Não eram capazes de perceber que ele se afundava em dívidas, bebidas, jogos e noitadas, o Pedrinho estava acima do bem e do mal. Ninguém reparava que ele era incapaz de ser feliz? De me fazer feliz? Alguém ali naquela família sabia o que era felicidade ou iria dizer que é um conceito etéreo, como Pedro achava?

A mãe o tratava de forma cerimoniosa, como se ele fosse um estranho, engatava assuntos sobre coisas banais, e Pedro respondia de forma lacônica, cheio de sins, nãos e interjeições, com um desinteresse espantoso, você comeu, filhinho, comi, mamãe. Era uma espécie de filme iraniano em preto e branco com poucos diálogos, com legendas em russo, desses que não juntam nem cinco pessoas na sala de cinema. E eu estava ali sentada, assistindo.

A festa de noventa anos da Vovó Rachel reuniu todos nós no Iate Clube de Santa Catarina, um acontecimento. Um mês antes, pedi a Pedro para ir comigo e fazer as fotos, seria um presente para ela, um álbum produzido por alguém com a sensibilidade de Pedro. Pedro gostava das histórias da Vovó Rachel, deliciosamente bem contadas, com pontos de virada, escalada de suspense e tudo. Cheguei a comprar as passagens e estava planejando o domingo numa das praias paradisíacas da região, mas na véspera Pedro cancelou tudo. A comunidade de quilombolas para a qual ele colaborava iria fazer uma ocupação decisiva para a regulamentação de suas terras justamente naquela data e era uma oportunidade ímpar para mostrar a opressão da sociedade contra as populações vulneráveis, ele disse. Os jargões. Você aborda essas questões todos os dias, por que tem que cobrir ocupação justamente quando marcamos de viajar juntos? Eu insisti sem qualquer sucesso. Pedro refutava meus argumentos, jornalismo é assim mesmo, é imprevisível, como se eu não soubesse disso, como se eu fosse uma tola, uma qualquer a quem se desmarca compromissos assumidos assim, em cima da hora. Imprevistos, Nina, imprevistos. É uma ocupação, Pedro, qualquer um cobre, era o meu ponto.

E quanto dinheiro você vai ganhar com isso, eu queria saber. Pode ter invasão da polícia e acabar com o movimento na base do cacete, você não acha isso grave? Quanto você cobrou por correr esse risco? Não é pelo dinheiro. Mas quanto você vai ganhar? Não dá para ir a uma festa de uma avó e deixar de cobrir uma manifestação legítima de um setor esquecido da sociedade. Quanto vão te pagar para você cancelar um fim de semana comigo? Para isso não tive resposta. É claro que ele não iria receber nada, seria mais um dos trabalhos sem remuneração que ele se prestava a fazer, não se dava o valor merecido.

Depois de fechar as páginas de economia para o jornal do fim de semana, fui para o aeroporto. Desanimada, pela manhã não nadei nem pedalei, e também não tive nenhuma vontade de ficar com Pedro na cama.

Na sala de embarque, meu celular tocou e era o editor chefe do concorrente do meu jornal. Ele foi direto ao ponto: queria marcar um almoço comigo para me convidar a ingressar na equipe como editora de economia. Um convite e tanto, afinal era o jornal de maior circulação no país. Um jornalão tradicional, o cargo era um desafio tentador para a minha carreira, o salário deveria ser bem melhor que o meu. Os superlativos. Conversaríamos na próxima semana. Tudo parecia ótimo, não fosse o fato de Pedro trabalhar lá e, de alguma forma, se eu aceitasse o convite, teria uma posição superior a dele. Não diretamente, ele era subordinado ao editor de fotografia, mas eu estaria acima dele na hierarquia da redação, haveria vários pontos de contato e, conhecendo Pedro como eu conhecia, isso poderia ser um problema sem precedentes, o que me deixava preocupada e tensa. Era de sua natureza não gostar de chefes e eu representaria, de alguma forma, algo a ser rejeitado sem pestanejar.

À noite, no jantar, Carlo e Sophia me acharam um tanto abatida, e eu lhes contei sobre a proposta. Celebraram, acharam uma oportunidade única. Carlo não acreditava que eu pudesse ter alguma dúvida em aceitar o cargo, me olhou pasmo quando eu disse que pensava em desistir antes mesmo de saber a proposta com exatidão. Você sempre investiu tanto na profissão e quando tem uma oferta dessas titubeia? O que está acontecendo? O problema é o Pedro, não é? Ele é um atraso na sua vida, Carlo colocava o dedo na ferida. Quando é que você vai se dar conta disso? Pense bem, a resposta está dentro de você, guie-se pelo seu instinto, era o conselho de Sophia, tentando botar panos quentes na discussão. Mas Carlo não sossegava. Você nunca foi assim, se tornou insegura por causa desse sujeito. Mal sabia ele que eu mesma já havia pensado muito nisso.

No dia seguinte, na festa, encontrei meu primeiro namorado, por quem me perdi de amores aos treze anos. Relembramos aquele verão tão distante, quando juramos amor eterno, as caminhadas pela Praia Mole de mãos dadas, os pés enfiados na areia molhada, os mergulhos com *snorkell*, os passeios de bicicleta, a série que víamos juntos no começo da noite, Kevin Arnold e sua namorada. Passamos horas relembrando coisas tão distantes de nós agora. A vida que tive antes. Será que eu estava tão infeliz a ponto de sentir saudades de uma menina que não existia mais?

Nina falava de felicidade como se o sentimento fosse uma nota de cem reais que você tem ou não tem, ou um bem material qualquer e não um conceito etéreo, intangível, incontável. Como era possível falar de felicidade num mundo desses? Em algum lugar haveria protestos contra alguma coisa. Bombas de gás lacrimogêneo jogadas em hospitais, barricadas de pneus, ônibus incendiados. Mísseis atacando e crianças servindo de escudo. Náufragos. Refugiados. Ataques. Armas químicas. Desemprego. Fome. O mundo em permanente convulsão e Nina só pensava em ganhar um bom salário, em pautas para entrevistas, em nadar e pedalar, viagens, restaurantes estrelados, peças de teatro, filmes. A vida vai muito além disso. Eu não conseguia ser feliz quando lembrava que a humanidade não aprendeu nada em um milhão de anos e repetia as tragédias. Eu não podia ser feliz e Nina não entendia. Você tem que pensar na nossa vida, não na humanidade, ela me dizia, mas a vida não é uma célula solta, uma ameba simples, a vida é um conjunto de células, são bilhões de pessoas, um emaranhado de histórias, num contexto maior, outros lugares, outro universo, galáxias, eu não era capaz de fazer Nina entender isso.

Nina começou a imaginar um analista para intermediar nossos conflitos, uma espécie de Nações Unidas das relações conjugais. Nosso casamento está ameaçado, dizia, o ar sério, e eu via que isso era uma bobagem, pensamos diferente em algumas coisas, e daí? A gente se ama, não se ama? Perguntava e a abraçava, puxava Nina para perto de mim, para ver se aquela mulher se convencia de uma vez por todas que tudo isso não passa de filosofia barata que colocam na cabeça da gente, os filmes de amor, os finais felizes, isso não existe, Nina mia, aprende isso. Os analistas não sabem de nada, só querem saber de ganhar dinheiro com uma teoria discutível, repetem conceitos, a culpa é toda do pai e da mãe, eles não sabem de nada.

Minhas forças eram drenadas quando eu fazia a mesma coisa todos os dias, semana após semana, chegando ao jornal e esperando a pauta que, inevitavelmente, seria ruim, uma coletiva idiota qualquer, ou fotos de estúdio, ou um artista que lançou um álbum ou uma peça que vai estrear, sempre tudo igual, as mesmas expressões, os mesmos sorrisos, os mesmos gestos dissimulados. Por que há uma idealização de perfeição? Então a vida é perfeita quando se paga a conta em dia e se tem a mulher que ama?

Nina ficou aborrecida por um tempo porque eu não viajaria mais com ela e deixaria de conhecer a linda praia paradisíaca que ela queria me mostrar, onde ela passou parte da juventude, onde havia tempos falava na beleza do lugar, da água cristalina e da areia branquinha. Beleza estava nos traços de homens e mulheres, crianças e velhos do quilombola, os olhos cansados, as bolsas inchadas sob eles, as rugas marcando o rosto, a carapinha branca, as roupas desbotadas pelo uso. Isso era beleza, isso era fotografia, era quem posava na frente da câmera, era o entorno, a rachadura na parede da casa de pau a pique, a proporção entre o céu e o chão pedregoso, a pedra e o mato, a luz que incidia na hora e a sombra projetada no chão. Nina não entendia e resumia o trabalho a ganhar mil, dez mil, cinquenta mil, não percebia que os valores eram outros e que felicidade era muito diferente disso.

Saí do quilombola no domingo cedo. Um vento sudoeste trouxe nuvens pesadas que escureceram o dia. No começo da noite desci minha rua, guarda-chuva em punho. Chovia e fazia frio, um lusco fusco dava ares suecos à paisagem. Fui ao restaurante ali perto, havia três dias que só comia biscoitos e sanduíches distribuídos pelo comando do movimento. Pedi um filé com fritas e arroz, e enquanto tomava um chope e devorava um bolinho de bacalhau, Isa, amiga de longa data, chegou. Irritada, o mau humor era sua marca, mais uma dessas pessoas a detestar o trabalho que tinha na televisão, onde fazia produção para um programa matinal, apresentado por uma estrela em franca decadência, mas que ainda vendia muito bem para seus patrocinadores. Eu dizia para ela largar aquela bomba, ela era boa jornalista de verdade, conseguiria um emprego decente, mas as pessoas vivem em função de salário e a grana é boa, esse discurso tão manjado. Isa fumava muito, bebia bem, contava boas histórias, falava palavrões como se fossem vírgulas, sabia da vida de todo mundo. Levei um pé na bunda, o filho da puta me dispensou para ficar com uma estagiária, contou. Tinha acabado o plantão na emissora e passou ali para comprar uma quentinha e levar para casa. Toma um chopinho, relaxa, a convenci a se sentar à minha mesa e acabamos jantando juntos. Então, depois de algumas doses, não me lembro como, ficamos mais próximos, os braços se esbarraram, as bocas ficaram muito juntas, e o beijo foi inevitável. Não sei explicar por que essas coisas acontecem. Isa dirigiu até o Horto apesar de ter bebido muito e me levou em casa, colou a mão na minha perna enquanto guiava, tateou em busca de alguma prova concreta de que eu também queria uma noite menos solitária. Não combinamos nada, ela subiu até meu apartamento, os cachorros estranharam, latiram, ela ignorou, fechou a porta, descobriu minha cama. Foi um sexo mecânico, desses feitos só para liberar os fluidos, sentir os tremores, virar para o lado e dormir.

Despertei com o telefone tocando no meio da manhã de segunda-feira. Era Nina, que já tinha chegado ao Rio e estava na redação. A festa foi ótima, a vovó estava tão contente, pena que você não foi. Felicidade é isso que senti ao ouvir a voz de Nina naquele momento.

Isa se foi antes que eu acordasse, deixou um bilhete no travesseiro, a gente se vê, alguma coisa assim. Eu rasguei, amassei, joguei na lata de lixo. Troquei os lençóis e as toalhas, botei a roupa suja na máquina, varri a casa, não passeei com Dupont e Dupond porque estava chovendo, comprei rosas amarelas para quando Nina chegasse, eram suas favoritas, arrumei-as no vaso em cima da mesa. Espirrei no ar uma essência de lavanda que Nina gostava.

Saí cedo do jornal, comprei raviólis, sorvete de chocolate com pedacinhos para a sobremesa, e até desperdicei uma pequena fortuna com a água mineral que ela dizia ser a melhor do mundo. Coloquei o vinho rosé para gelar, Nina andava na fase rosé. Entrei no chuveiro, borrifei o perfume no pescoço e no peito. Acendi velas. Arrumei a mesa, pratos, talheres, taças. Queijo ralado.

Saudades de você, disse quando Nina chegou, e eu a abracei tirando seu casaco molhado pela chuva, senti seus músculos, suas veias, o cheiro, soltei seus cabelos presos num coque. A noite seguiu seu fluxo normal com juras de amor eterno e promessas de nunca mais ficarmos longe um do outro.

No dia marcado fui ao almoço com o editor chefe do jornal. Não havia comentado nada com Pedro ainda, queria ter uma ideia da proposta antes de falar sobre o assunto. Dependendo da situação, não haveria mudança nenhuma e eu não precisaria antecipar um desentendimento com ele. Talvez eu até torcesse para isso, para não haver mudança nenhuma, apesar de estar curiosa e muito satisfeita em ter tido o nome cogitado para o cargo. Suspeitava que Pedro seria relutante à minha ida para sua redação, seu universo particular, seu reduto secreto, sua *batcaverna*, como ele gostava de dizer. Eu não entendia bem, naquela época, o porquê de evitar confrontos com Pedro, mas evitava, era fato. Cada desentendimento levava a uma discussão, e cada embate motivava Pedro a chegar mais tarde, a mal abrir a boca, a só emitir muxoxos, insistir em fazer seus passeios noturnos pela cidade, perder dinheiro em cavalos ou mesas de pôquer. Houve vezes em que Pedro ganhou, poucas, é verdade, mas teve sim uma vez em que ele chegou em casa com um bolo de notas, e no dia seguinte o dinheiro foi embora, sabe-se lá como e onde, e mais dívidas vieram. Dinheiro de jogo não tem dono, se vai como veio, ele tentava explicar como se eu fosse uma mulher acostumada a deixar que a sorte determinasse alguma coisa.

Eu tentava convencê-lo a buscarmos um psicanalista, que poderia nos ajudar a encontrar equilíbrio, fazer Pedro ver como funciona a vida a dois, como se partilha, há que ter conversa, ceder, e eu sentia que Pedro não queria conversar, tinha que ter a palavra final ou se frustrava, ficava peleando até conseguir ser atendido, um comportamento infantil.

Quando o conheci, não percebi que toda sua expansividade era, na verdade, um subterfúgio para se esconder, se fechar e calar num mundo próprio, impermeável. Eu queria aquele Pedro de antes, o Pedro divertido, carinhoso e engraçado. Eu queria aquele Pedro leve que aparecia de vez em quando, não o Pedro preocupado com o destino do planeta, da humanidade, os desentendimentos e discussões, e foi por isso, que não falei logo que iria almoçar com o diretor do Correio, que estava para ouvir uma boa proposta e talvez a aceitasse.

O diretor era um jornalista conceituado, participou de grandes coberturas e momentos cruciais do país, fez parte das equipes dos maiores jornais e revistas. Promoveu uma grande mudança editorial no jornal e reuniu uma equipe de primeira linha. Contava com anunciantes de peso de vários setores do mercado brasileiro e atravessava uma situação confortável, na contramão de vários concorrentes, não precisava suavizar abordagens para não contrariar interesses. Educado, ele se levantou quando eu cheguei ao restaurante, onde se falava baixo e o cliente era muito bem atendido, raridade em terras cariocas. Ele me cumprimentou estendendo a mão firme e puxou a cadeira para que eu me sentasse. Sem rodeios, disse que gostava muito do meu trabalho e que apreciava minha formação, elogiou meu texto e me convidou para assumir a editoria de economia do jornal, além de assinar uma coluna dominical. Coluna dominical, coisa de grande repercussão, pensei na hora. Segundo ele, era preciso tirar o bolor que o jornal ainda tinha e que não combinava com sua versão moderna e dinâmica. Era preciso também tornar temas econômicos mais palatáveis ao grande público e, na concepção dele, uma profissional com a minha experiência e formação seria ideal. Meu texto era sofisticado, e ao mesmo tempo fácil de ser lido, apesar de frequentemente eu abordar assuntos espinhosos, ele disse. A proposta financeira era muito atrativa, incluía um salário bem maior que o meu, um pacote de benefícios e bônus, de forma que haveria muito pouco a considerar, já que dificilmente meu empregador teria fôlego para cobrir a oferta.

Abordei o fato de ser casada com Pedro, funcionário da casa, Pedro é excelente profissional, mas seu trabalho será bem diferente do dele, o diretor disse. Eu saberia separar minha vida profissional da pessoal, claro que saberia, estaríamos em áreas distintas, apesar das convergências eventuais. Fiquei de dar uma resposta definitiva dali a três dias.

Mal consegui cumprir minha agenda. A mistura de excitação com o novo desafio e a tristeza por deixar a convivência com colegas tão queridos mexiam comigo, e ainda teria a conversa inevitável com Pedro. A ansiedade me invadia a todo momento, com pensamentos que eu não queria ter. Era difícil perceber, naquela época, o quanto Pedro fora capaz de me transformar. A gente avalia as coisas bem melhor em retrospectiva, eu sei, talvez naquele momento eu não fosse hábil o suficiente para vasculhar essas emoções que me tomavam, mas me incomodava ter perdido a essência que eu tinha. Eu buscava a Nina que sempre fui: firme, decidida, capaz de enfrentar os problemas que apareciam com clareza e lidar com eles, nunca tive medo de conversar, discutir se fosse preciso, mostrar minha posição. Eu era a Nina que argumentava bem, não perdia o raciocínio lógico mesmo quando não tinha razão, não me deixava levar pelo emocional. Para onde foi essa Nina? Por que eu havia mudado assim, por que deixei Pedro interferir tanto no meu jeito de ser?

Preciso falar com você hoje, de qualquer jeito, e enfatizei o quanto era importante para mim ter uma conversa com ele. Mas Pedro não poderia ir embora ainda, tinha que ir para o quarto escuro, como ele apelidou o computador no qual trabalhava as fotos digitalmente. Essa é uma sequência sensacional, ele disse, e tem tudo para ser a primeira página de amanhã. A tal sequência foi tirada no final da tarde, quando uma neblina tomou conta da cidade e Pedro subiu para Santa Teresa para ter o melhor ângulo do centro, com a Baía da Guanabara, a ponte Rio-Niterói, o morro da Urca, as praias, tudo envolto em nuvens. Ele iria ficar um bom tempo no quarto escuro e depois seguiria para o aniversário de um amigo queridíssimo, como ele dizia, do fundo do coração, é um irmão, não posso deixar de ir. A vida de Pedro era tão cheia de acontecimentos que restava pouco espaço para mim, então fui firme, disse que o pegaria na festa de qualquer forma, porque a coisa que eu tinha para falar era muito importante. Ok, tudo bem, foi o que me respondeu.

Adiantei alguns textos na redação. O grande salão, dividido por baias separando as mesas e as editorias, aos poucos ficou quase vazio e o alarido tão típico do final do dia foi suavizando. Na parede, diversos aparelhos de televisão ligados em emissoras diferentes e relógios que marcavam os fusos horários no Rio, em Nova Iorque, Los Angeles, Londres, Hong Kong, e os ponteiros giraram, completando sessenta minutos uma, duas e quase três vezes. Finalmente, um pouco depois de onze horas, saí de lá e fui até o bar onde Pedro estava, a uma caminhada de dois quarteirões, embora as calçadas do centro da cidade não estimulassem nenhum tipo de passeio, esburacadas, com esgoto a jorrar. E lá adiante, no fim da rua, mesas na calçada e uma roda de samba, as vozes altas, os azulejos encardidos com cartazes colados anunciando shows e peças de teatro, garçons mal-humorados e suarentos, o chão pegajoso e sujo, os banheiros lamentáveis, o cheiro repugnante de óleo velho no qual fritavam salgadinhos. Um botequim igual a tantos outros, os personagens tão comuns entre os cariocas, em suas mesas, entre chopes, caipirinhas, uísques e porções engorduradas de frango à passarinho, linguiças e batatas fritas. E Pedro ali, aquele homem que eu achava lindo, com seus olhos azuis, a barba por fazer, os cabelos em desalinho, a camisa amarrotada, no seu universo particular, rodeado de amigos, me pedindo para esperar ele terminar o último chope, depois a saideira. E quando, enfim, consegui tirá-lo do bar, fomos andando até o estacionamento, Pedro segurando minha mão. Uma família vivia na calçada sob a marquise do prédio do estacionamento, o papelão estendido feito cama e arrumado com um cobertor puído e travesseiros esfarrapados, pai, mãe, uma criança de chupeta e um vira-lata. Pedro tirou uma nota de vinte reais do bolso e estendeu para a mãe, que aceitou e deu um sorriso de dentes estragados.

No carro, pluguei meu tocador de músicas e uma canção latina começou a tocar. Um bolero sobre um homem que encontra uma mulher, mas ela já tem um outro amor. Pedro batucava um teclado imaginário com os dedos, o pensamento longe, será que ele também se admirava da grandiloquência daquela música? Aterro. Acelero. Noite acinzentada, o Cristo ainda escondido pela névoa, a lua sumida em alguma parte. Por alguns instantes, Ipanema virou uma paisagem londrina. Segui pela praia e parei no Mirante do Leblon. Pedi uma água de coco no quiosque, bebi um gole e contei a ele sobre a proposta que recebi. A reação foi de espanto, parecia que não tinha prestado atenção ao que isso representaria à minha carreira. Esse cara está te cantando, foi o que disse e me assustou com essa conclusão tão fora do eixo. Por que os homens dão conotação sexual à ascensão das mulheres, mesmo os homens tidos como feministas? Por que ele não conseguia enxergar mérito em mim? Você vai trabalhar no mesmo lugar onde eu trabalho, mas vai ganhar dez vezes o que eu ganho, eu não acredito que você vai fazer isso, era o argumento dele. Eu insistia em questioná-lo e ouvia os argumentos contrários à ideia, os mais estapafúrdios. Sim, vamos ser colegas de redação, qual é o problema disso? Chefe, Nina, você vai ser a chefe toda poderosa, e nessa frase ele metia uma porção gigantesca de ironia, vai mandar na turma, vai ser alvo de maledicência e de ódios, vai ter que defender a postura dos donos do jornal, você sabe, eles nem sempre são tão éticos quanto querem parecer. Vou continuar sendo uma jornalista como todos os outros, só vou ter responsabilidades diferentes. Você quer escrever uma coluna dominical? Vai ser escritora, então, batalha isso, escreva livros, ora essa. Eu não quero ser escritora, Pedro, eu quero ter a coluna, e acho que é uma coisa boa, sim, grandiosa, vou poder abordar fatos importantes para o país, por que não posso querer isso? Quem você acha que lê coluna de economia? Por que você é contra eu subir na carreira? Por que me desqualifica tanto? Vamos ter a chance de juntar dinheiro, crescer juntos, ter uma vida muito mais confortável. Dinheiro, você só pensa em dinheiro, e de certa forma ele conseguia me fazer culpada e eu me via acuada frente a essa culpa. Pedro me acusava de pensar em sucesso enquanto havia uma crise econômica a varrer o planeta, bolhas financeiras em formação. Ter poupança, previdência privada, seguro de vida, plano de saúde e uma velhice tranquila eram bobagens pequeno-burguesas que ele retrucava. Você quer morar num papelão, no meio da rua, se cobrir com um cobertor puído? É isso?

    Fiz a transição, com todas as dificuldades previstas, sem qualquer apoio de Pedro, e comecei a trabalhar no novo emprego.

Depois de um período de adaptação, retomei a rotina de acordar cedo, pedalar, nadar, passear com Dupont e Dupond, coordenar o trabalho da equipe de repórteres e redatores e fechar as seis páginas sob minha responsabilidade, dobradas na sexta-feira para a edição do fim de semana, estudar e me manter atualizada sobre a situação econômica daqui e de outros países, reservar as quintas-feiras para escrever minha coluna e, por último, gerenciar Pedro, a tarefa mais difícil de todas.

Acontecia de, às vezes, como esperado, ele ser escalado para fotografar para minha editoria e aí era certo que o horário do fechamento seria estourado. Pedro nunca entregava a foto no prazo determinado, inventava uma desculpa que me parecia esfarrapada, ou então não escolhia a imagem mais adequada à matéria. Houve ocasião em que até estragar foto ele conseguiu, e tive que usar material de arquivo ou de agência de notícia. Um fotógrafo como Pedro não faria isso sem ser de caso pensado, apesar dele me jurar que não, acontece, ele dizia. Assim, nas vezes em que ele era escalado para cobrir alguma pauta de economia, algum aborrecimento sempre acontecia, e eu já contava com isso. Constantemente eu tinha de ir até o quarto escuro para pedir alguma mudança, sugerir uma modificação. Discutíamos. Eu tentava fazê-lo entender que tinha horário para fechar. Pura perda de tempo. Ele respondia debochadamente, sim, chefe, e voltava a seus afazeres, sem dar qualquer atenção ao que eu havia pedido. Tinha vontade de gritar com ele, chamá-lo de inconsequente ou acusá-lo de boicote, mas não o fazia. Procurava não misturar os assuntos, e me frustrava a cada vez que ele era designado para cobrir alguma pauta da minha editoria.

Uma pequena guerra estourou em casa e cheguei mesmo a pensar em desistir, em voltar para o meu antigo apartamento. Quem sabe não seria melhor, namoraríamos apenas, e dormiríamos juntos se tivéssemos vontade. Não teríamos um desgaste desnecessário, cansativo, que minava todas as forças. Quando estávamos juntos, mal nos falávamos, ou quando conversávamos era como se fosse obrigatório. De certa forma, Pedro tentava repetir comigo os diálogos vazios que tinha com sua família, e eu fazia todo esforço para escapar dessa armadilha.

Terapia de casal foi uma questão totalmente descartada por ele. Todo mundo diminui o ritmo com o tempo, era a desculpa que dava, fugia do assunto quando eu o abordava. Ele estava sempre muito cansado pela manhã, com tantos programas diferentes madrugada afora, e eu, quase sem tempo, trabalhando muito, caía de cansaço enquanto ele saía por aí. Viramos *roommates*, eu acusava, e ele saía pela tangente, deixa de bobagem, Nina mia.

A minha ideia de voltar a morar sozinha foi colocada na prateleira das indecisões depois de um fim de semana em Búzios. O clima em casa se deteriorava assustadoramente. Se tínhamos um momento de paz, eu já previa o próximo entrevero que viria em seguida. Antecipava as situações, passei a criar uma ansiedade desnecessária, que só me fazia mal. Aí, um dia, Pedro veio com uma surpresa. Reservou um chalé de frente para a praia, você vai gostar do lugar, vamos respirar um ar fresco, sair desse clima pesado. Estamos precisando. Então ele também percebia o sufocamento que estava nos consumindo? Fomos na sexta à noite, bem tarde, pouco falamos na estrada. Já não tínhamos muitos assuntos em comum.

Ainda não era verão, mas estava calor, sol e uma brisa constante, os dias eram coloridos, as noites azul marinho. Estávamos na varanda, aquela mistura de céu e mar, quando Pedro me abraçou por trás, beijou meu pescoço, tirou meu vestido, desamarrou o biquíni, tudo com a calma de sempre. Suas mãos passeavam pelo meu corpo, faziam voltar as delicadezas que me deslumbravam a cada toque, suprimiam todo o mal-estar dos últimos períodos. Mais tarde, Pedro pegou a câmera, abriu a cortina para a luz entrar e pediu para me fotografar, nua, enrolada no lençol, cabelos despenteados. Tímida diante da câmera, me permiti, primeiro ainda mantendo o lençol cobrindo partes do meu corpo, mas aos poucos me soltei, exibi minha nudez, joguei o cabelo para o lado, fiz poses. Deixei uma Nina sedutora tomar a dianteira, descobri, diante da lente, que eu poderia fascinar e encantar. Pedro largou a máquina, veio para junto de mim e começamos de novo, de frente para o mar azul da Ferradura.

Enxergo Nina diminuta pelo visor da minha *Leica M. Monochrom*, o único luxo que tenho na vida, usada em ocasiões especiais. Minha mulher deitada na cama, a morenice sobressaindo na brancura do lençol. Durante viagem a Berlim para uma exposição, há anos, vi a *Leica* na vitrine de uma loja, a segurei, senti sua leveza, fui tomado por uma sensação de carinho ao manusear aquele corpo pequeno de metal e couro, os botões simples, e não consegui pensar em outra coisa a não ser que eu precisava ter aquela câmera. Paguei no cartão, sem nem pensar em como acertaria a dívida depois, e trouxe a *Leica* comigo. Uma máquina com alma, como resume bem sua propaganda, não gosto dessa história de marketing, mas admito que desta vez acertaram em cheio. Ela capta em preto e branco, só em preto e branco, com a mesma nitidez que eu encontrava nos filmes tradicionais. E era o espírito próprio da *Leica* que se mesclava a Nina, indo de uma gama enorme de pretos e de cinzas bem escuros aos tons mais claros e ao puro branco. A imagem saltava da tela ou do papel, depois de impressa, e me acariciava de novo, me abraçava e me envolvia. A luz atenuada pela cortina se derramava sobre o corpo nu de Nina, o corpo envolto pelo lençol, deixando aparecer o colo, os seios pequenos e duros, que cabem nas minhas mãos, os bicos rosados, os ossos das costelas que eu adoro lamber, fingir que mordia. E Nina gemendo enquanto eu passava minha língua neles e dava mordiscadas de leve, às vezes falava bobagens no meu ouvido, um despudor a me endoidecer. O que eu sou sem esse cheiro, sem essa voz?

Durante o final de semana em Búzios, Nina me puxava para dentro dela com pernas e braços e beijos. De volta ao Rio, se afastava de mim, trabalhava muito e levava a vida tão cheia de regras, de forma a tirar toda a graça das coisas. Ela queria alguém que não era eu, aquela mulher ainda sonhava com o príncipe encantado em cima de um cavalo branco e obviamente não era eu, eu era só um daqueles velhos sapos que vivia coaxando pelos brejos. Ela não apreciava os meus amigos nem os lugares que eu frequentava, eu sabia disso, não me importava mais, eu também não admirava seus amigos emplumados, seus restaurantes pretensiosos, sua família afetada, mas eles não significavam nada enquanto eu estava naquele quarto, cercado daquela luz fosca na cama, com aquela mulher que mexia de uma forma incrível com os meus sentidos. Nina sofria por não conseguir entender que eu precisava de coisas diferentes das outras pessoas, de andar por aí capturando os pretos e brancos e cinzas do mundo e que a graça da vida estava nos detalhes, nas fichas de pôquer e no feltro verde da mesa, na rachadura do azulejo do bar, no brilho das ruas, na unha quebrada de uma travesti da

Glória, no cobertor quadriculado da família abandonada na rua, no bueiro a jorrar a água fétida na esquina, nas mãos e nos pés sujos dos meninos malabaristas dos sinais de trânsito, na flor a brotar no asfalto em pleno centro da cidade sob um sol de quarenta graus. Uma brisa entrava pela janela, junto com a luminosidade que clareava os olhos de Nina, as sobrancelhas arqueadas, as olheiras preguiçosas de quem cochilou. Os lábios, que ela insistia em morder em alguns momentos, eu os beijava, sentia a ponta da língua, a saliva, tocava o nariz pequeno, levemente arrebitado. A *Leica* seduzia Nina como me enfeitiçou lá em Berlim, quando a vi na vitrine. Aos poucos, Nina ficou mais solta, deixou os embaraços de lado e os gestos comedidos que lhe eram naturais, enrolou os cabelos num coque no alto da cabeça, prendeu-os, virou de costas, olhou direto para mim, para a lente, um olhar instigante, desafiador, e eu fotografei seu pescoço com penugens fininhas, os ombros largos de nadadora, o torso bem definido terminando na protuberância arredondada, carnuda e com a marca mais clara do biquíni, as coxas fortes, a panturrilha destacada, a panturrilha que eu reparei desde o primeiro momento em que botei meus olhos naquela mulher, o tornozelo fino. Os músculos desenhados e bonitos, sem qualquer exagero, se eu fosse um Rodin os esculpiria exatamente iguais aos que eram, as veias sobressaindo na pele lisa, eu controlava a vontade de alisar aqueles músculos, apertá-los, mordê-los. E pus-me a fotografar, procurava os melhores ângulos, a luz, sempre a luz, essa bendita, a abertura do diafragma, que me aproximava para captar seus pelos finos, seus poros, os traços leves que um dia virariam rugas. Nina virou-se de frente, sentou-se na beira da cama, passou batom vermelho, depois jogou a cabeça para trás, os cabelos se desprenderam, os ossos do quadril saltados para fora e, novamente, desejos de mordiscadas e lambidas sublimados, precisava completar a tarefa e não parar enquanto a luminosidade se despejasse pela cama. Nina fechou os olhos, os cílios compridos, colocou a mão no rosto, as unhas esmaltadas, os dedos longos que me deixavam eriçado quando me acariciavam e se dedicavam a desvendar os meus desejos, aqueles escondidos lá na última camada da epiderme e que ela sabia trazer à superfície com competência, ah, aquela mulher era o diabo. O barulho das ondas lá fora, o vento que balançava as casuarinas, o pio de um pássaro, os cliques da *Leica* e a nossa respiração. O universo perfeito, completamente alinhado, dentro daquele quarto da pousada de Búzios. Eu precisava eternizar esse instante além das fotos, se fosse possível recolheria o som desse quarto numa garrafa, igual àquelas que os náufragos atiram ao mar, para ouvir quando estivesse em agonia.

Por que Nina não ficava nua mais vezes para mim, não me chamava de meu amor, não me falava obscenidades baixinho? Por que Nina fazia tantos cálculos, pensava tanto em futuro, em bônus? Por que me dava ordens, exigia uma imagem de tal jeito e ponto, falando com aquela voz áspera? Por que era tão dura? Por que plano de saúde com o hospital top de linha? Se todos fossem ao posto de saúde ou ao hospital público, como eu fazia quando ficava doente, estudassem em escola pública, como eu estudei a vida inteira, e ninguém tivesse luxo, a qualidade dos serviços públicos certamente seria melhor, obrigatoriamente teria de ser melhor. Essa era a minha teoria, saúde, educação, aposentadoria, segurança, transportes iguais para todos, rico, pobre, branco, negro. Nina não se convencia, me chamava de ingênuo, de louco por não querer as coisas boas que o dinheiro poderia trazer, mas que conquistas são essas? Não era possível ter uma vida simples? Reservar setenta, oitenta por cento do que a gente ganhava para pagar contas que já deveriam estar pagas pelos impostos? Trabalhar doze, quinze horas por dia para ter um carro e ficar preso em engarrafamentos? Comprar apartamento e se lascar vinte, trinta anos para pagar, com juros e correções? Não, isso não era para mim, eu gostava de andar de ônibus, olhar a paisagem que mudava a cada esquina, qual a diferença de estar parado num ônibus ou no seu próprio carro? Usava o SUS, descontava o INSS no contracheque e iria ficar velho quando ficasse, no tempo adequado, não precisaria envelhecer antes do tempo de tanta preocupação, por excesso de zelo com a própria velhice. E se eu morresse de repente, como o pai morreu? Nem velho eu ficaria, e ainda teria perdido metade da vida com lamúrias e inquietações. Ganhava meu dinheiro e gastava, sim, dinheiro foi feito para circular e usar como bem entender. Nina não aceitava isso. Falava de papéis, *stock options*, *accountability*, *equity* e mais um monte de termos que eu não sabia o que significavam e nem tinha vontade de saber, será que ela não se dava conta? Eu não queria nada disso, me importava era em buscar luzes e sombras, andar pelas ruas do Rio em paz, ver amigos e jogar conversa fora, tomar meu uísque, ouvir boa música, deitar no sofá com meus cachorros sossegados no meu colo e amar Nina, amar Nina sobre todas as coisas. Seria tão mais fácil ter só isso: um quarto de pousada, a *Leica*, o cheiro de maresia, Nina nua posando para mim, uma garrafa com esse som eternizado, o mar, o vento, o pio, a casuarina.

Os momentos de idílio se tornaram raridade e eram preenchidos por uma sensação de desencanto. Minha irritação, impaciência, má vontade com os jogos, os bares, os amigos e as bebidas continuavam, mas com o tempo Pedro foi deixando de ocupar o centro da minha vida. Eu desviava o foco.

    Havia períodos em que Pedro vinha mais cedo para casa, voltava a ser galanteador e a dizer palavras bonitas para me agradar, escrevia bilhetes, mandava flores. Jantávamos juntos durante a semana, depois do trabalho, às vezes cinema ou teatro, pequenas viagens, pequenos luxos, como ele dizia. No trabalho, os ânimos se pacificaram. Nessas épocas, eu acreditava ser possível recuperar o que tínhamos. Mas, inexplicavelmente, de uma hora para a outra, ele se fechava, ficava menos em casa, voltava ao velho hábito de perambular pelas ruas de madrugada, de bar em bar, jogar, perder dinheiro, cumprir de má vontade as pautas, atrasar o *deadline*. Do Pedro que eu amava surgia um sujeito detestável, de quem eu queria me afastar. Eram as descidas ao inferno particular dele, e de algum jeito ele me arrastava para lá.

Desde que eu tinha assumido a editoria de Economia, fiz coberturas importantes, ganhei prêmios para o jornal, minha coluna alcançava repercussão que nunca imaginei, passei a ter um blog hospedado no site do jornal, com milhares de seguidores e o reconhecimento dos colegas. Pedro não levava nada disso em conta. Apesar de se preocupar tanto com o destino da humanidade, ele não olhava para quem estava ao seu lado. Eram as suas vontades que deveriam prevalecer, sempre. Antes de qualquer coisa, eu, a primeira pessoa do singular imperava, mesmo que viesse com a eterna autocomiseração de que eu não sou nada, nunca fui nada, quando, na verdade, ele era tudo, todos tinham que perceber que o universo começava e terminava nele. E se o universo era ele, os atrasos dele eram normais, os outros que esperassem. As dores dele eram as maiores do mundo, não havia quem o consolasse. As infelicidades, imensas, ninguém sofreria tanto assim. Eu decidi não entrar mais nessas disputas que só me levariam a uma derrota.

No Rio, aconteceu uma reunião das Nações Unidas sobre sustentabilidade. Pedro, como fazia há vinte anos, cobriu o fórum alternativo e, ao longo de uma semana, fotografou ativistas das mais diversas causas ligadas aos direitos humanos e ao meio ambiente e produziu um ensaio que ficou disponível no site do nosso jornal, com um número recorde de acessos. Eu cobri o fórum dos empresários, e entrevistei vários dirigentes de empresas globais que se comprometiam a usar os recursos naturais de forma responsável e diminuir as emissões de carbono. Nossa equipe entrevistou também alguns líderes globais no assunto e, no fim do ano, ganhamos o prêmio de melhor cobertura sobre sustentabilidade, o que valeu um bônus para todos.

Veio o verão e, com ele, em janeiro, o Fórum Econômico Mundial de Davos, na Suíça. Em pauta, o mundo em crise. Fui escalada para a cobertura meses antes e agendei duas semanas de férias, emendando o carnaval. A ideia era ir para Roma e me encontrar com Pedro, que também tiraria férias e seguiria direto do Rio. Estar na Itália com Pedro seria perfeito. Verbos no futuro do pretérito, hipóteses apenas. Poucas coisas se encaixam tão mal com a palavra perfeição quanto fazer um plano no qual se tem Pedro envolvido. E como não poderia ser diferente, ao contrário das minhas expectativas, mais uma vez Pedro desistiu de viajar bem próximo à data, os motivos: perderia os ensaios de escola de samba, os blocos, as feijoadas, o desfile da Mangueira, que acompanhava desde a época em que carnaval não era essa atração de zona sul, como ele disse. E os cachorros, vão ficar com quem? Inquiria como se Dupont e Dupond fossem mesmo um impedimento e não ficassem com a faxineira ou o zelador constantemente. Não iria à Itália no inverno europeu de jeito nenhum, não andaria pelas ruas com neve, apesar da minha contestação de que a Toscana tem um clima ótimo. Carnaval acontece todo ano, uma viagem assim, não, eu dizia. E as férias? Você decidiu tudo, ele se desculpava como se não fizesse parte dos planos desde o início. E as despesas que já tive, as passagens, as reservas de hotéis? Você consegue reembolso, não vai ter prejuízo nenhum, eu pago a multa, ele tentava me convencer. Por que isso, Pedro, como você consegue ser tão egoísta, só pensar em você? Em vão. Pedro queria ficar no Rio e ponto final, nada o convenceria. Nina, sou assim mesmo, você me conhece, não vou viajar. E eu fui.

Cheguei em Davos com raiva de Pedro por ele sempre preferir alguma outra coisa a mim. No voo, remoí essa rejeição. Eu não aguentava mais ser preterida, eu havia debatido muito isso na sessão de análise, choraminguei rapidamente com Sophia, já era tempo de você saber que ninguém transforma ninguém, a gente se adapta ao outro, era o conselho de minha mãe. Pedro nunca mudaria, me deixava com uma sensação de desemparo, como se ele não enxergasse que eu precisava dele, queria estar com ele, queria brincar de ser romântica, andar por ruas frias de mãos dadas, tomar vinho numa tratoria e brindar ao futuro, ver o tempo passar lentamente. Não, eu não podia mais ser atropelada pelos desatinos e caprichos de Pedro e, de repente, me flagrar brigando pelas mesmas coisas repetidas vezes, relevar e esticar meus limites ao máximo. Pedro me repelia, como se eu fosse um fardo, e depois vinha com amores, com beijos, com aquele jeito dele que sempre me faz reconsiderar, perdoar, seguir adiante. Nunca mudaria, eu concluí naquele voo que pareceu ter mil horas. Quem precisava mudar era eu, concluí.

A semana em Davos foi cansativa, mas quando a gente menos espera acaba se divertindo. Eu esqueci as mágoas, ou consegui fazê-las menos doloridas, de forma que tomassem menos espaço nos meus dias, e mergulhei em muito trabalho, entrevistas e coberturas de protestos. Falei poucas vezes com Pedro, trocamos alguns e-mails, ele é telegráfico, não tem aplicativos no celular para mensagens.

Todos os entrevistados usavam o mesmo tom pesado para falar da crise mundial. Manifestantes fizeram protestos todos os dias que, em linhas gerais, apontavam para o fato de o capitalismo não ter mais lugar no mundo e que era preciso estabelecer outras formas de ganhar dinheiro, de se alimentar, de circular pelas cidades, de usar a energia e a água. Era preciso nascer uma nova sociedade. Qual seria essa nova forma? Como alimentar sete bilhões de pessoas em outro sistema? Nenhuma solução à vista.

O correspondente de Londres, que estava na mesma cobertura que eu, flertou comigo. Era um cara bacana, Pedro o acharia almofadinha, mauricinho, colaria rótulos em sua testa, mas era um bom repórter, inteligente, culto, divertido, com um senso de humor sem resvalar para o bobo alegre, para usar outro termo que Pedro adorava. E era charmoso, elegante. Ficamos próximos, soube que era separado, tinha uma filha adolescente, morava sozinho perto de Portobello Road. Tentei me interessar, me esforcei, seria ótimo sofrer uma tentação e não resistir, mostrar a Pedro que, se ele não me queria, outros ficariam a meus pés, testar meu poder de sedução. No entanto, nem fantasiar um romance eu conseguia. Infantil, eu sei, fui infantil naquele momento, seria tão importante para mim sair do estado de letargia em que me encontrava.

Voei para Roma, como planejado, não abri mão de uma semana num lugar tão aprazível. A cidade, sempre linda, estava acinzentada pelo inverno, os tons terrosos das fachadas menos vivos, sem flores nas sacadas. A temperatura não baixou dos dez graus. Não choveu. Os dias amanheceram azuis clarinho. À noite, as luzes se acendiam e Roma irradiava alegria, mesmo sendo inverno. Fiquei hospedada na Via Veneto e continuei com o hábito de correr pelas manhãs à beira do rio. Assisti a *La Traviata*, a concertos de Bach e Schumann e à apresentação de balé da Ópera de Roma. Visitei museus e exposições. Fiz caminhadas pelas vielas estreitas. Comprei uma passagem de trem e fui a Florença, passei o dia na Galeria Uffizi, visitei o Duomo e me encantei com a cidade, verdadeira obra de arte a céu aberto, da qual tinha recordações muito esparsas. Fiquei num hotel no centro histórico, pequenino, aconchegante. Veneza também estava nos meus planos, mas houve uma nova inundação e preferi voltar a Roma, onde continuei com minha rotina de corridas, passeios, andar à toa. Talvez eu seja mesmo uma pessoa de criar hábitos, repetir ações, de parecer estar em casa em qualquer lugar.

O curioso é que depois de alguns dias, não me sentia mais sozinha. Seria melhor estar com Pedro? Minha vontade de estar com ele era real ou não? Eu, quando via beleza, tinha a mania de querer partilhar com Pedro. Bons eram os rituais da manhã, aqueles nossos despertares, as conversas sem pressa, mas algum conflito apareceria no meio de algo banal, eles sempre surgiam quando estávamos juntos, manchando a sensação de bem-estar que me tomava. Pedro não me trazia a paz que eu tinha conquistado naqueles dias. Havia um prazer enorme em caminhar sem destino e sem preocupações.

Eu tinha uns dezoito anos quando Jamelão soltou sua voz estrondosa, entoou o samba mais bonito que ouvi na vida e fez todo o povo do Sambódromo – que era inaugurado naquele carnaval – levantar e cantar junto. A Mangueira foi campeã e conquistou de vez um lugar especial no meu coração. Meio brega dizer isso, lugar especial no meu coração, Nina acharia horrível a expressão, mas assumo minhas cafonices, sou verde e rosa e sou Vasco. Outros sambas vieram depois, uns bons, outros de gosto duvidoso. Achava melhor os desfiles de antigamente, sem tantas celebridades, quando carnaval era uma festa realmente popular, daqueles que juntavam dinheiro o ano inteiro para pagar uma fantasia, mesmo assim não poderia perder o carnaval, Nina sabia disso, mas cismou em tirar férias justamente em fevereiro. Ela precisava entender essas coisas da paixão por uma escola, por um time, se ela não tinha esses sentimentos, o que eu poderia fazer? Eu deveria ter falado logo quando ela começou a planejar, comprou passagens e fez reservas. Achei até que me acostumaria com a ideia de perder o carnaval, estava meio desanimado meses antes, mas a data foi se aproximando, comecei a ouvir os sambas enredos, frequentei alguns ensaios e a vontade de ir para a Itália ficou tão diminuta, não valeria a pena forçar a barra. Nina teria que aceitar, não seria um prejuízo como ela imaginava. Você vai me fazer ir sozinha numa viagem que planejei para nós dois? Ora, você pode voltar depois de Davos e passar o carnaval aqui comigo, vamos à Avenida, aos blocos, você vai gostar, mas ela nem me respondeu, ficou brava, sem falar comigo por dias, e mal se despediu. Não precisava tantas cenas, Nina dizia que era eu o dramático, mas fazia tempestade em copo d'água por qualquer coisa. Você vai me fazer visitar a Itália sozinha? Chama uma amiga, vai com seus pais, eles não adoram viajar? Eu quero ir com você, e quero ir agora, não em outra época. No fundo, Nina nunca entendia meus desejos, meus medos, nunca me entendia em nada.

Lembro de ir à Presidente Vargas com meu pai, ver os blocos, subir na arquibancada montada todos os anos e assistir ao desfile lá do alto, jogando serpentina e fazendo guerra de confete com outros foliões, meu pai de chapéu panamá, os bigodes amarelados, camiseta listrada. Com a minha primeira *Pentax*, aos dezesseis anos, fiz um ensaio mambembe sobre os Bate-Bolas de Bangu. Eu mesmo revelei as fotos, em preto e branco, no quarto escuro que mantive no banheiro de empregada da nossa casa de vila. Os xadrezes das calças em nuances acinzentadas, a feição aterradora das máscaras brancas e os olhos pretos arregalados, as bolas, os fios dos postes, os paralelepípedos do chão refletindo a luz das lâmpadas da rua, os movimentos das turmas correndo pelas ruas, os rostos apavorados dos pequeninos. Tudo isso ficou impresso ali, naquele papel brilhoso, que guardo até hoje no fundo de alguma gaveta.

Nina parece não entender o prazer de frequentar uma quadra de escola de samba, acompanhar o enredo escolhido e o desenvolvimento das fantasias, como se pensa nas alas, na criação da história que vai fazer do desfile um sucesso ou não. Ela foi comigo umas duas vezes e só, torceu o nariz, deixou claro que não pertencia àquele lugar, que seu mundo era outro, mal provou as delícias oferecidas, achou-as gordurosas, reclamou do calor, quando tentou dançar parecia uma estrangeira, o corpo duro e sem ginga, logo Nina, que tem um requebrado para tantas outras coisas boas, que tem a carne dura, as coxas fortes. Se eu ia à Mangueira, Nina preferia o cinema, uma peça de teatro ou um show de jazz numa dessas casas pequenas e escuras, onde se falava baixinho. Casamento é assim mesmo, cada um faz o que quer e se quiser fazer junto fica melhor, mas Nina não ia para o samba, aprendi com o tempo que não adiantava insistir. E eu não quis mesmo trocar a Sapucaí pelo Coliseu, atravessar o Atlântico, ficar andando para lá e para cá em ruas frias e chuvosas, conhecer resorts e chalezinhos, achar tudo uma beleza e um exemplo de civilização e ouvir falar mal do meu país. Me encanto mesmo é com as moças de samba no pé, os cabelos encaracolados, a pele suada, os vestidos curtos e colados no corpo. Admirava as senhoras de cabelos encarapinhados e alvos, ancas largas de quem pariu muitos filhos e os tornozelos inchados, leves em suas roupas brancas de baianas, flutuando na quadra. O mestre de bateria comandando surdos, repiques, chocalhos, tamborins, cuícas, agogôs, reco-recos, pandeiros e pratos, como se fosse uma orquestra sinfônica, o barulho que faz no fundo do peito, a gente sente a batida lá dentro, cada nota reverbera no corpo todo.

Nina foi para a Suíça emburrada. Mágoas e reclamações surgiram novamente enquanto a mala era arrumada, as emoções das mulheres nos pegam sempre tão desprevenidos, elas vão embora e voltam com mais força, nunca entendi isso. Tentei levá-la ao aeroporto, mas ela seguiu de cara amarrada e preferiu ir sozinha. Você nem dirige, Pedro, vai me levar como, ela perguntou, e agendou o táxi liquidando com meu romantismo. Nina era prática, eu gostava de cenas de despedida, de beijos apaixonados na fila do embarque, mas fiquei aqui, eu, Dupont e Dupond, largados, sozinhos, no Horto. Passeios para os exercícios e as necessidades, deles e as minhas, o boteco da esquina enquanto os bichos se distraíam, rodas de samba e ensaios na Mangueira.

De plantão no sábado, ainda de ressaca por causa da noite passada na rua do Lavradio, fui cobrir o tradicional movimento na região de comércio popular do centro da cidade. Uma pauta boba, corriqueira. Na temporada de carnaval, o lugar vira um formigueiro humano de tanta gente atrás da fantasia de última hora. O calor, que chegava a quarenta e tantos graus, fazia o lugar parecer um deserto de verdade.

Num botequim encardido, tomei uma cerveja gelada e fui ao banheiro, joguei uma água no rosto, molhei o pescoço, refresquei a cabeça. Voltei ao balcão. Sorrindo, com dentes branquíssimos, uma morenaça se aproximou de mim e perguntou se eu queria me refrescar um pouco. Como se meus olhos fossem uma câmera, dei um close na moça, começando pelos pés, de unhas vermelhas, enfiados numa sandália de tirinhas subindo pelas canelas, as coxas grossas metidas num short curto desfiado, os quadris que deviam ter um tufão, a música me passou pela cabeça num relâmpago, a barriga de fora, o umbigo pequenino, só um furinho no meio do ventre, os peitos fartos escondidos por uma blusa decotada, milhares de trancinhas coloridas no cabelo, o rosto redondo. Na mão, um leque, que abanou bem perto do meu rosto, e chegou a me dar um alívio impensável para um dia tão quente. Era uma menina, tinha acabado de fazer dezoito anos e veio de Salvador para o Rio curtir, ela me disse quando eu perguntei o que estava fazendo ali uma moça tão bonita. Bela, era assim que a chamavam. Eram umas duas da tarde e a baiana já tinha saído cedo em um bloco na Praça Quinze, se esbaldou tanto que se perdeu das amigas, foi parar no Bola Preta e seguiu para a Saara para ver as modas, ela explicou. Tinha chegado dois dias antes e seu pouso era na Avenida Nossa Senhora de Fátima, bairro bucólico bem próximo da Lapa. Bela veio com uma turma que conseguiu um apartamento da tia de um amigo de um amigo, essas coisas de gente jovem. Queria ir à praia, conhecer Ipanema e eu, cavalheiro, não poderia deixar de realizar seu desejo. Fui à redação, descarreguei as fotos, trabalhei os filtros, selecionei as melhores e as enviei para o editor do plantão. Encerrei às quatro da tarde meu expediente e comecei meu período de folia.

Na rua do Riachuelo, fiz sinal para um táxi, peguei Bela no caminho e seguimos pelo Aterro. Me senti um perfeito anfitrião apresentando o Pão de Açúcar, a menina embasbacada, olha lá, atrás dos prédios o Corcovado, o Cristo, eu mostrava. Rapaz, como é lindo, ela dizia com o sotaque melodioso. Pedi para o taxista pegar a Mena Barreto e parar no Horto, para eu trocar de roupa. A baiana me esperou no táxi, admirando as palmeiras imperiais do Jardim Botânico, e fomos para o Arpoador. O mar estava manso, a água transparente, tremendo Caribe, tem até peixinhos, ela se admirou. Mergulhou e se pôs a me espirrar água e eu mergulhei também. Acabamos por trocar um beijo, era inevitável, sabia que isso aconteceria desde que a vi na Saara com o sorriso largo e o leque na mão. Ficamos um tempo na areia, trocando carinhos, tomando caipirinhas. Apesar de acostumada ao carnaval agitado da Bahia, Bela era só a empolgação e o descompromisso dos dezoito anos, e eu me aproveitei de tamanha animação, afinal, Nina estava a um oceano de distância e nem deveria estar pensando em mim.

Convidei a baiana para dormir comigo. Dupont e Dupond, ao contrário do comportamento costumeiro, meigos e receptivos, não gostaram da visita e pouca festa fizeram para a menina. Aliás, não fizeram carinho nenhum. Rosnaram. Latiram. Dupont com T mastigou sua sandália e se eu não chegasse a tempo o estrago seria grande. Levei Bela para o chuveiro, a água lavava o sal do mar, o suor daquele sábado quentíssimo, e a baiana ensaboou bem o meu corpo, fez desenhos no peito com a espuma, apertou pontos doloridos na nuca e nos ombros, beijou aqui e ali, disse que fazia *shiatsu*. Do chuveiro pulamos para a cama e tive que usar toda a minha experiência para fazer a menina sossegar. É nessas horas que a gente vê que a idade pesa, e pesa muito. Dormi exausto.

Acordamos preguiçosamente no domingo, o sol estava a pino. Lidei com o mau humor dos cachorros, levei-os a passear, mas eles estavam meio zangados comigo, menos esfuziantes, não pularam quando levantei. Fizemos um passeio burocrático pelas ruas do Horto. A menina foi para casa, mas combinei de pegá-la no fim do dia para levá-la comigo ao desfile. Um amigo carnavalesco desses que conhecia todo o mundo conseguiu uma credencial de imprensa para Bela.

Fomos de metrô para a Praça Onze. Evitei encontrar meus conhecidos e ter que dar satisfações sobre quem era minha acompanhante. Jornalista é muito fofoqueiro, para Nina saber, lá da Europa, que uma baiana foi comigo ao Sambódromo era coisa mais fácil. Eu tinha que ser muito discreto e queria manter Nina tranquila. A baiana era só carnaval.

Bela acompanhou minhas explicações sobre as escolas, a origem delas, as histórias que contavam e quem era quem naquele jogo. Botava a mãozinha no peito cada vez que o mestre de bateria dava o sinal para o desfile começar. Então ela também sentia a batida lá no fundo? Eu sempre gostei de ficar na concentração e acompanhar a escola desde o começo até a dispersão, ir fotografando pelo caminho. Fazia isso todos os anos. As expressões nos rostos de quem desfila, as mãos, a alegria, os instrumentos, as fantasias, os movimentos, as texturas das roupas, a pedraria, as plumas. Não levei Bela ao camarote do jornal e evitei apresentá-la aos conhecidos. Fiz de conta que era só uma repórter a mais na avenida e reparei na quantidade de urubus que falavam com ela, mas a baiana era esperta, não ia estragar tudo e soube me acobertar bem.

Com o dia amanhecendo, o desfile chegando ao fim, pegamos o metrô até Botafogo e andamos um pouco pela São Clemente. Um táxi nos levou ao Horto. De novo, notei o quanto a idade pesa, e dormi exausto depois que tudo acabou.

Alô, Pedro, alô? Manhã de segunda-feira de carnaval, o calor já estava forte novamente, o sol atravessava a janela entreaberta, algum bloco desfilava na rua lá embaixo, ouvia o som distante e, no outro lado do telefone, Nina. Saí tem pouco tempo do desfile, amorzinho, disse com a voz enrolada de ressaca. O Papa renunciou, você viu? Ela me perguntou. Eu nem sabia que Papas podiam renunciar, fugir do fardo de carregar a Igreja nas costas para o resto da vida. Nina me pegou de surpresa, Pedro, você está aí, perguntava, sim, estou, cheguei muito tarde, ou muito cedo, ainda há pouco. Esquisito falar com ela e ter ali, ao meu lado, a baiana dormindo, nua, nem um lençol cobrindo o corpo. Aqui já é de tarde, Nina disse. Bento XVI renunciou. Liguei para o jornal, somos os primeiros a dar a notícia online, e vou ficar mais alguns dias aqui para cobrir. Você está bem, e os cachorros? Perguntou por fim. E foi assim que Nina se tornou, de uma hora para outra, setorista do Vaticano e me despertou na manhã de segunda-feira de carnaval.

Eu me importei pouco com o que teria levado o alemão a renunciar, acho que ser Papa deve ser chato pra cacete e entendi o cara, que vá aproveitar a vida. Não me interessei por quem seria o novo guia dos católicos, que perfil teria e todas essas bobagens que os jornais passaram a noticiar. Mas Nina fez uma boa cobertura, inteligente e sem pieguices, como tudo que faz. Nina é razão pura.

À noite, a Mangueira foi mal no desfile, por sinal, havia anos não ia bem. Escolheu de novo o enredo errado, era um preço a se pagar. A baiana foi comigo, de metrô, demos uns amassos na concentração, mas mantivemos a mesma discrição da noite anterior. Na terça-feira, no final do dia, encontramos a turma dela na praia. Uma amiga mais engraçadinha, ruiva, de cabelo bem curto, e a orelha cheia de brincos, foi se chegando, jogando charme, e acabamos os três num clima de carinhos e beijos. Praia, blocos, cerveja, fumo, pó, sexo, *shiatsu*, *ménage*. Na quarta-feira de cinzas acordei com uma dor de cabeça daquelas e duas garotas a me ladear. A idade pesa.

Quando eu passei no vestibular, a mãe fez pudim de coco para comemorar, era meu doce favorito. Comi inteiro, devorando as fatias com avidez. Tive um fastio. Nunca mais comi pudim de coco. Era parecido o que eu sentia agora, quando as meninas foram embora do meu apartamento e fiquei só com Dupond e Dupont. Estava aliviado. Senti um vazio. Angústia. Ansiedade. Queria Nina de volta ao meu mundo. Um mundo em permanente desordem e, agora, sem Papa.

A TRANQUILIDADE DOS DIAS de férias em Roma acabou por volta das dez da manhã de uma segunda-feira, durante o café no restaurante do hotel. Enquanto me servia, ouvia ao longe um programa matinal de uma *signorina* meio gorducha que entrevistava celebridades, não muito diferente da programação matinal brasileira. De repente, uma chamada estridente interrompeu o falatório para um informe especial, e me fez prestar atenção no que viria a parecer o fim do mundo, pelo menos para os católicos: a renúncia de um Papa. Subi para o meu quarto, busquei mais informações, fiz um texto, enviei por e-mail para a redação e liguei para meu editor. Alguns minutos depois, fomos o primeiro site brasileiro a dar a notícia. Como eu já estava em Roma, achamos mais fácil suspender o resto de minhas férias e eu cobrir pelos próximos dias o imbróglio. O que teria levado o alemão a tal ato? Ele alegava cansaço, mas seria só isso ou ele estaria sob uma pressão tão extrema que o levou a uma abdicação? Seria a crise do banco do Vaticano? As denúncias de pedofilia contra padres? E o mordomo que vazou documentos secretos?

Tentei falar com Pedro diversas vezes, mas o telefone tocava e ele não atendia, devia estar dormindo ou nem ter chegado em casa, ô Nina, não dá pra ter hora no Carnaval, ele responderia se eu perguntasse onde estava. Tomei banho, me arrumei para ir para o Vaticano. A temperatura tinha caído mais um pouco, a meteorologia previu chuva à noite, e por isso usei calça de lã e blusa de gola alta, botas e o casacão pesado que me acompanhava nas viagens de inverno. Do Rio me mandaram a documentação necessária para me credenciar no Serviço de Informação, a sala de imprensa. Tornei a ligar para casa e nada de Pedro. O celular caía direto na caixa postal e ele nunca ouvia os recados. Pedro sempre me faltava quando eu precisava dele, essa era a verdade cada vez mais evidente. Finalmente, no táxi, quando cruzava a Ponte Sant'Angelo, Pedro atendeu minha chamada com voz pastosa, naquele tom que anunciava a ressaca. Vou ficar mais uns dias por aqui, cobrindo a renúncia do Papa, ouviu? Como assim, renúncia, perguntou separando bem as sílabas para conseguir fazer uma sentença sem que a língua enrolasse. Expliquei o pouco que sabia. Por que você vai cobrir coisa tão chata, Nina, por que não volta logo como você tinha planejado, tô sentindo muita saudade de você, Pedro questionava sem se dar conta da importância de fazer uma boa cobertura de um fato tão inusitado. Desde a Idade Média um Papa não apresentava uma carta de demissão e eu estava na hora certa e no lugar certo. Não perderia isso por nada. Quando terminamos de falar, nem um voto de boa sorte, nem uma palavra de incentivo. Esse era Pedro na essência, preocupado em dormir apenas.

O trânsito estava pesado naquela segunda-feira. Como algumas ruas da Cidade do Vaticano foram fechadas aos carros e até mesmo a pedestres, o táxi me deixou o mais próximo possível da Praça de São Pedro e segui a pé, usando um aplicativo de GPS que tinha baixado no meu celular para ir direto para o Serviço de Informação. Minha documentação, enviada pelo jornal, estava correta, tiraram minha foto e me deram uma credencial provisória. Na sala de imprensa, conheci alguns colegas vaticanistas e consegui mais informações. Começava uma aposta pelos cardeais favoritos a sucessor ao trono de São Pedro, até um brasileiro era cotado. Com o passar dos dias, vi que os jornais italianos tentavam destruir qualquer candidato de outra nacionalidade que não a italiana. Havia muito pouco de religião na escolha e muito de política e economia, até mesmo da politicagem comezinha a que estamos tão acostumados no dia-a-dia.

Nina mia, como está o período papal? era assim que Pedro se referia ao meu trabalho em Roma nas poucas vezes que me ligava ou trocávamos alguns e-mails, e mais nada. Na quarta-feira de cinzas, final da tarde no Rio, ele me ligou para desabafar sobre o fracasso do desfile e reclamar da Mangueira. Acho que falta garra, Nina, se acostumaram a perder e nem se importam mais, desde 2002 não ganhamos nada, é igual ao Vasco, sem comando, ninguém tem amor à camisa, só querem dinheiro. Dinheiro e poder. Eu estava na cama e lia um livro de um jornalista italiano sobre a Santa Sé, seus escândalos e corrupção, e iria, logo cedo, encontrar seu autor. Precisava conhecer mais do assunto e estudar muito para ganhar em qualificação, para evitar a cobertura banal predominante em ocasiões como essa. Sentia um pouco de sono quando o telefone tocou. Os dias passados em Roma, e antes em Davos, me despertaram para o fato de que, fazia muito tempo, eu não me interessava pela maior parte dos assuntos que atraíam Pedro. Eu não queria saber se o time tem ou não esquema de jogo, se o samba enredo foi mal escolhido ou se a escola deveria ter dispensado algum tipo de patrocínio empresarial. Estar longe me fazia perceber o quanto seguíamos paralelamente, em direções contrárias. Minha balança andava muito desequilibrada para pesar os prós e os contras de estar com Pedro. O jeito debochado quando se referia ao meu trabalho também incomodava. Período papal. Será que ele não enxergava que eu estava me esforçando para aprender um tema no qual eu era ignorante e que seria bom ter um estímulo dele? Pedro não dava valor a esse tipo de conhecimento, nem a esse esforço. Não via mérito nenhum no fato de eu estar à frente da cobertura do maior fato político daquele momento. Para ele, era como se eu estivesse curtindo férias em Roma e aproveitando para ir às igrejas. Ele não falava dessa maneira, é claro, mas eu percebia assim, e talvez esse fosse o problema, a forma como a gente percebe o outro. Eu me sentia diminuída pela maneira de Pedro me enxergar. Quem sabe estivesse fora do alcance dele me ver de um outro ângulo? Um dia, lá atrás, eu deixei que ele colasse em mim alguns rótulos e agora não conseguia fazer com que desgrudasse essas etiquetas. E por que eu deixava que me atingissem tanto? Por que me importava com isso? E por que, então, eu continuava a ver em Pedro o homem da minha vida?

Seria o queixo bonito, quadrado que, segundo os experts, fazem as mulheres se sentirem atraídas? Seriam as mãos grandes que passeavam pelo meu corpo de uma forma que outras mãos nunca fizeram? O cheiro, a barba por fazer e o cabelo em desalinho? Era meramente uma atração física ou havia um sentimento?

Pedro queria saber o que eu estava fazendo quando me ligou e, com um pouco de má vontade, falei sobre o livro e como o autor relacionava os negócios obscuros da Igreja, e de repente, no meio da minha falação que deveria estar enfadonha, ele me cortou para perguntar como eu estava vestida? Eu não gosto muito desses jogos de sedução, não me sinto à vontade numa ligação telefônica, mas respondi que estava de pijama embaixo do edredom. Queria estar aí, beijar sua boca, sua nuca, sentir os pelinhos se arrepiarem, ele começou a sussurrar, e a carência que eu sentia devia ser grande, pois me fez embarcar na voz dele, deixar o livro de lado e falar coisas que normalmente não falaria. Permiti a imaginação me levar de volta para casa, ao quarto com janelas de frente para as palmeiras imperiais, à cama com os lençóis frescos, ao corpo de Pedro, mãos, dedos e boca e cheiros e depois deitar a cabeça em seu peito e, aos poucos, adormecer em paz.

Voltei para o Rio dois dias depois que Bento XVI falou à multidão na Praça de São Pedro, pediu orações para si e para seu sucessor, e saiu de cena. Eu não dei nenhum furo nem apontei quem poderia vir a ser o sucessor. Havia uma lista de *papabilis,* os favoritos, apenas divulguei-a, mas me ative aos fatos, entrevistei estudiosos de política e economia, além de teólogos e jornalistas especializados, e a cobertura ficou objetiva, sem mistérios de filme de suspense barato, sentimentalismos ou resvalada para a torcida exagerada por um ou outro cardeal, coisa que alguns concorrentes brasileiros fizeram.

Pedro, como um perfeito namorado, foi ao aeroporto me esperar e tive uma surpresa boa ao vê-lo ali, assim que a porta automática depois da alfândega se abriu, com o sorriso mais bonito do mundo e um buquê de rosas vermelhas. Nina mia, você voltou, disse ao me ver, o sorriso no rosto, e eu me senti acolhida. Mais tarde, na cama, seus olhos castanhos me metem mais medo que um raio de sol, plagiou Jobim e alimentou meu ego, minha autoestima, me senti desejada, querida, a mulher dele.

NINA AINDA VOLTOU A ROMA para a cerimônia de entronização do novo Papa e, depois, a rotina tomou conta da casa, o que me remetia a uma artificialidade. Não era eu naquele lugar, aquele cara que acordava na mesma hora todas as manhãs, tomava café como se vivesse num filme ou num comercial, lendo o jornal, comentando as notícias, almoçava no mesmo restaurante próximo da redação, comia saladas, trabalhava e batia ponto feito um operário para depois ir jantar ou ao cinema. Essa não era a minha vida, eu sabia disso, Nina sempre soube, até Dupont e Dupond desconfiavam que em algum momento eu iria sair do roteiro traçado do casal feliz. E saí desse roteiro numa noite qualquer de maio, quando encontrei um velho amigo de faculdade, um peruano que largou a carreira e vivia de levar turistas para passeios pela Rocinha e Vidigal em jipes, nessas excursões exóticas que os gringos gostam de fazer, para ver a nós, selvagens, em nosso habitat natural. Nina ficou na redação fechando uma edição especial para domingo sobre financiamentos do governo federal a outros países através do banco oficial de desenvolvimento a juros baixíssimos. Negócios entre amigos, ela me explicou, e com uma caixa preta difícil de ser aberta. Sua equipe estava lá, há semanas, a esmiuçar a tal da caixa preta. Eu, que não tinha edição especial alguma, andei do jornal até a Glória pela Mem de Sá, e no Amarelinho encontrei meu velho amigo que há tempos não via. *Hace o que, unos diez años*, ele me perguntou, há tempos no Brasil e ainda falava um belo de um portunhol. Ele me convenceu a ir a uma roda de pôquer. Eu estava com dinheiro, tinha recebido um frila que saquei no banco para pagar a empregada e o aluguel, e mais uns trocados. Por que não? Ninguém entendia porque eu sacava dinheiro, com a tecnologia que permite que se pague tudo pela internet ou no cartão. Minha senhoria é uma viúva de uns oitenta e tantos anos, noventa, que mora no térreo do meu edifício, usa bengala e dificilmente aquela senhora, que depende de cuidadora, vai ao banco para acessar sua conta e retirar seus vencimentos para pagar as despesas. Por que não pagá-la diretamente com dinheiro, como sempre fiz? E a faxineira, vou pagar com boleto bancário ou cartão? Vou ao banco e pago as contas no caixa, fico de pé na fila, ouvindo as mesmas conversas de sempre, as reclamações usuais, os velhos tossindo. Nina é a modernidade, prevê um futuro sem dinheiro em notas, pagamentos só em cartões ou celulares. Eu não, sou o Homem de Neandertal que desconfia do buraco negro entre o teclado e o banco e sim, eu sacava dinheiro do banco e estava com várias notas no bolso.

Fui com meu amigo peruano ao apartamento. Ficava em Copacabana, num prédio dos anos setenta, feio e sem nenhum estilo arquitetônico, na subida da Saint Roman.

A sala pequena já estava cheia, completei a mesa de cinco jogadores e começamos o *stick*. O valor mínimo da aposta para começar o jogo foi um tanto alto, mas encarei. Estava bem, desperto, concentrado. Afinal, ali, ninguém estava para brincadeiras. Sentia que era capaz de ir longe, duplicar a bolada no meu bolso. Tenham um bom jogo, o crupiê desejou ao distribuir as cartas. Já na primeira rodada Rei, Rei, Nove, Nove, Ás. Levei. Sorte. A noite ia ser boa. Trinca de oito. Ganhei de novo. Depois dois pares. De novo. Dois caras saíram do jogo, desistiram. Fiquei. Encarei. *Flush*. Mais uma. Insisti. *Full House*. O parceiro do meu lado tinha a carta mais alta, mas eu ainda podia virar e recuperar. Apostei tudo, empurrei todas as fichas para o centro da mesa. *Straight*. Mas ele tinha a maior sequência. Acabou. Deixei todo o dinheiro que tinha sacado. Fiz um cheque com o que tinha no banco. Deixei a câmera, *flash*, duas lentes, uma teleobjetiva, tripé giratório e rebatedor, todo o equipamento que estava comigo. No elevador, me senti meio zonzo pelos uísques que havia tomado e intoxicado pelo tanto de cigarro que fumaram naquela sala pequena, abafada. Pensava em como, de uma rodada para outra, tudo podia mudar. Eu já tinha aprendido essa lição ainda novo, quando o pai morreu de repente. Todo mundo morre de repente, eu sei. Senti um calor subir pelo pescoço e tomar meu rosto, um atropelo no coração. Atravessei a portaria daquele maldito prédio e desci a rua. Andei pela Raul Pompeia, tomei duas cervejas no único botequim aberto e entrei na Rainha Elizabeth, seguindo até a praia. Com o pouco trocado que me sobrou levei algumas latinhas. Sentei no calçadão, fiquei olhando o mar que vinha, lambia a areia, voltava, para então lamber de novo e ir, num movimento eterno, que se repetia havia milhões de anos, muito antes de mim, e que se repetiria por outros milhões de anos, muito depois que fosse embora. Afinal, eu não era nada, nunca fui nada. Não havia lua naquela madrugada, as luzes iluminavam a circunferência da praia até o Leme, poucos carros passavam pela Atlântica naquela hora. Quem tinha que fazer programa com as meninas que batiam ponto já estava arrumado, de modo que fiquei bastante tempo sozinho ali, sentado no banco de cimento de frente para aquele oceano sem fim, vendo os barcos da colônia de pescadores, bebendo as cervejas, pensando na vida, esperando meu coração voltar a um ritmo normal, tendo calafrios e despejos de adrenalina pelo sangue.

Foi o pai quem me ensinou a jogar, o velho gostava de um joguinho, mas não perdia dinheiro, só jogava na brincadeira, com grãozinhos de feijão ou palitos de fósforo, reunia a mãe e as irmãs e promovia jogatinas em casa. Nunca entendi a graça de apostar feijões ou palitos, é como Banco Imobiliário, em que o sujeito se sente milionário, mas na verdade tem umas propriedades fictícias e um monte de notas de papel. Ou War, em que somos verdadeiros exércitos que invadem países num momento e no outro estamos na pia, lavando a louça depois da guerra. E esses dependem dos dados, são jogos de azar, o pôquer não, é mais habilidade que sorte, é o modo de se ler a mão e a cara dos jogadores. Eu fui inábil, confiei que iria ganhar mais e perdi. É por isso que se perde: a gente sempre acha que vai ganhar mais, que é invencível. Ou que vai virar. E vai ganhar, e vai ser invencível. E tem que ser por dinheiro, afinal é isso que motiva o mundo, gostando ou não de dinheiro é isso que estimula, não os feijões ou palitos. O problema é que, quando se perde, bate uma angústia violenta e a gente fica enlouquecido, com raiva de ter entrado naquele apartamento esfumaçado no prédio de pastilhas azuis com o amigo que não via há tantos anos. Deveria ter ido direto para casa, assistido a um filme na televisão, lido um livro. Deveria não ter passeado pela Mem de Sá procurando amigos. Deveria ter esperado Nina sair, tê-la levado para jantar num bom restaurante, um bom vinho, uma sobremesa com calda de chocolate, depois voltar para casa, dormir o sono dos justos e sonhar com os anjos, como a mãe dizia na hora de me botar na cama. Dorme com deus e sonha com os anjos, meu filhinho, bênção, eu pedia, deus te abençoe, ela me dava um beijo na testa e saía do quarto, fechando a porta.

Com que cara eu ia dizer a Nina que tinha perdido o dinheiro do aluguel de novo, das contas, o salário da faxineira, o saldo do banco e o equipamento?

O equipamento, Pedro, Nina disse incrédula, a voz elevada, tamanha a indignação, as veias do pescoço salientes, um vaso azul surgia na testa toda vez que Nina sentia raiva e suas bochechas ficavam vermelhas. Como alguém aposta um equipamento fotográfico que vale uns vinte mil reais? Material de trabalho. Não bastava ter perdido o dinheiro?

Eu deveria ter dito que fui assaltado, que botaram um revólver na minha cabeça e eu passei a bolsa e o dinheiro e fui obrigado a sacar o restante, e morri de medo, ela me cobriria de carinho, perguntaria se eu estava bem, mas não me ocorreu na hora, mas aí também ela iria perguntar por que eu não fui para a delegacia, por que não fiz o boletim de ocorrência, as mulheres sempre fazem mil perguntas, então, disse a verdade, não gosto de mentiras, e mentir às vezes é muito complicado, exige mais mentiras para sustentar as anteriores e eu estava muito cansado.

Eu tinha chegado pouco antes de Nina acordar, tirei a roupa, fiquei só de cueca, deitei no sofá da sala. Meu corpo estava dolorido, parecia ter levado uma surra. Vi o dia clarear, uma fresta de sol entrou pela janela aberta, iluminando o chão. Dupont e Dupond se ajeitaram nas minhas pernas, eles gostavam de ficar enrodilhados entre as coxas da gente, e cochilaram, preguiçosos. Ainda era cedo para eles. Pouco depois Nina acordou, escutei seus passos quando veio até mim, passou a mão pelo meu cabelo, se agachou ao meu lado, beijou minha boca, perguntou o que tinha acontecido, por que eu cheguei tão tarde, por que dormi no sofá, e eu caí naquela meiguice matinal. Nina mia, a abracei, fica aqui comigo, ela envolveu minha cabeça, a abracei forte, os cachorros aos pés do sofá, e deixei que aquela atmosfera tão familiar me sossegasse, até que contei sobre a noite passada e minha angústia. Comecei pela aflição, tô bem mal, Nina, tô com um nó na garganta, andei a noite toda para poder te contar uma história, fui até a praia, fiquei um tempão olhando as ondas, e depois de uma longa introdução, desabafei. Ela ouviu tudo e levantou num pulo, os cachorros também saltaram do sofá assustados, correram pela casa, acharam que era hora de brincadeira, mas logo vi que a veia azul brotou debaixo da pele. Ela começou a me fazer perguntas ao mesmo tempo em que me chamava de irresponsável, de viciado, brandindo as mãos enquanto me atirava palavras. Eu precisava me tratar, só podia ser compulsão, ela não suportava mais aquilo. Lágrimas escorriam de seus olhos, eu conhecia aquelas lágrimas de raiva, eram raras mas me deixavam acuado, diminuído, sem saber o que fazer. Não tinha o que argumentar, perdi feio, não posso rodar em volta da Terra no sentido anti-relógio como um Super Homem e fazer o tempo voltar atrás só para não acontecer o desastre que mataria a Lois Lane. Sinto muito, Nina, eu não sou o Superman. E Nina parou de falar.

Foi para o quarto, ouvi a água escorrendo da torneira. Depois, voltou para a sala, já vestida com uma roupa de ginástica e tênis, pegou os cachorros, saiu. Os óculos escuros escondendo os olhos inchados. Não falou mais comigo. Bateu a porta.

Fui para o quarto, fechei a veneziana, deitei na cama, o cheiro de Nina ainda nos travesseiros, o formato de seu corpo nos lençóis. Nina não entendia por que eu bebia, por que eu jogava, por que eu perdia dinheiro. Eu precisava mostrar que amava essa mulher antes que o clima ficasse mais pesado ainda e as acusações voltassem ou que ela passasse a questionar tudo como estava fazendo uns tempos atrás, antes da viagem para Itália. Depois que ela voltou andávamos tão bem, tão mais próximos. Precisava mostrar meu amor para ela.

Um beijo na testa. Benção, mãe. Deus te abençoe meu filhinho, dorme com os anjos. Adormeci de puro cansaço.

Eu tinha uns oito, nove anos quando andei pela primeira vez na montanha russa, durante uma excursão da escola. Nós, meninas e meninos cheios de energia, aproveitamos bem o dia. O trem fantasma, o bate-bate e a roda gigante foram os favoritos. A montanha russa ficou por último. Sentei ao lado de uma monitora que acompanhava a turma. O homem do parque nos posicionou nos assentos, ajeitou a barra de segurança e ouvi um estalo quando ela se prendeu. Eu era só expectativa. O carrinho começou a subir a primeira volta, até que chegou ao pico, num ponto bem alto, de onde eu via todo o parque e os arredores, e virou num ângulo de noventa graus. Depois desceu todo o declive. E subiu novamente, fez uma curva para a direita ou para a esquerda, deu várias voltas, um *looping*, voltou a subir para depois despencar. Eu só via o céu muito azul passando ao meu lado, as nuvens brancas, o piso de cimento com alguns canteiros minúsculos de árvores, as carrocinhas de cachorro-quente, pipoca e algodão doce, e as pessoas pequeninas lá embaixo, tudo num borrão, um quadro pós-moderno gigantesco. Sentia a velocidade do ar no meu rosto, meus cabelos despenteados voando acima da minha cabeça, os olhos cheios d'água, minha pele gelada e suada ao mesmo tempo, meus dedos se fechando em torno da barra de ferro um pouco à minha frente. Foi um dos momentos mais detestáveis na vida e passei todo o percurso torcendo para que aquele inferno terminasse o mais rápido possível, que aquele carrinho parasse e eu saísse dali para um lugar onde pudesse ficar erguida com minhas próprias pernas, no qual eu não sentisse a vertigem insuportável. E, antes, quis tanto experimentar a sensação. Jamais andei numa montanha russa de novo. E, agora, eu me via numa montanha russa intermitente.

Aos poucos, Pedro acabava com meu ânimo. Talvez eu acalentasse uma esperança, desde o início, de que mudaria seu comportamento. Não entendo por que eu me incumbi dessa missão, nunca me dou tarefas que independem da minha capacidade, ou em que momento eu me autonomeei salvadora de Pedro, mas de alguma forma era assim que eu me comportava. Por que, então, eu não descia daquela montanha russa de uma vez por todas e seguia com os pés firmes no chão? O que me obrigava a me manter ali, ao lado dele?

Tantos anos se passaram desde que o conheci, naquela noite de verão, na exposição de suas fotos. Será que todas aquelas granulações, as sombras, o preto e o branco, os detalhes de rostos, mãos, unhas, poros, rugas me levaram a um nível tão alto de emoção que eu me apaixonei ali, naquele casarão, por imagens, simples imagens, e não por um homem real? Eu deveria ter percebido a instabilidade de Pedro logo, o fato de chegar atrasado ao próprio evento e sair à francesa era um indício, mas não percebi ou talvez não quisesse perceber, às vezes a gente não quer se dar conta de nada, e eu me apaixonei. Não deveria ter me mudado tão rápido para a casa dele, deveria ter esperado mais, pensado mais, mas no meio da paixão, quem pensa? É tão mais fácil acertar todas as ações em retrospectiva, e como a gente vai saber se não viver? Agora o estrago estava feito, eu tinha que seguir em frente e fazer o melhor para sair inteira dessa. Ruim usar a palavra estrago para descrever um sentimento que começou tão bom, eu sei, mas não a usar seria hipócrita, era assim que eu me sentia, perdendo aos poucos minha energia, tudo em volta se deteriorando. Como iria sair inteira se Pedro ocupava uma parte enorme de mim? Pelo menos um pedaço eu deixaria no meio do caminho, eu sabia. Às vezes eu me parecia com o próprio Pedro, tão dramática, cheia de metáforas. A convivência faz uma espécie de simbiose nas pessoas, a gente vira um só. Eu precisava voltar a ser eu, única, direta, racional, objetiva. Não era só o meu estado emocional que estava combalido. Não sentia mais disposição para nadar ou pedalar e, muitas vezes, preferia ficar na cama, dormindo, enquanto o sol clareava o quarto e, mesmo assim, eu sentia muito sono e também não me animava para fazer brincadeiras ou começar rituais com Pedro. Trabalhava muito mais que as minhas horas contratadas, descuidei da alimentação, ganhei uma silhueta rechonchuda que eu não tinha desde a adolescência, o rosto redondo, as coxas roliças, a cintura mais larga. Meu analista me falou do mito de Sísifo, que vivia eternamente rolando a pedra montanha acima, para ela desabar quando ele estava quase lá, no cume. Eu conhecia a história, mas nunca tinha feito a relação, Pedro, pedra, montanha russa, de todas as formas eu subia e quando estava quase no auge, caía vertiginosamente. Por que continuar? Por que continuar essa história, era a pergunta que Carlo, meu pai, me fez na última vez que fui a São Paulo, num fim de semana de primavera. Ele abriu o jogo, dizendo que estava na cara que o casamento tinha acabado e que eu não estava feliz. Esse casamento nunca aconteceu. Você está se descuidando, o que é que há? Logo você. Eu sabia que ele fazia isso para me proteger, apesar de me deixar irritada. No fundo era uma contradição, Carlo adorava dizer que não se metia nunca na minha vida. Como é possível você vir para cá sempre sozinha, tirar férias desacompanhada, sair com amigas, toda vez procurar uma desculpa para o fato do teu marido não estar nunca do teu lado, ele queria saber e não havia muito o que explicar. Pedro é assim mesmo, tem o grupo de amigos dele e eu tenho o meu, eu disfarçava ou então nem respondia. O que aconteceu, Nina? Você é inteligente, independente, bonita, não precisa dele, isso não está certo, a voz de Carlo, o tom de severidade, as palavras, tudo ressoava em minha cabeça.

Sophia, minha mãe, observava mais que falava, mas era nítido que os dois estavam preocupados. Carlo chegou a me propor de viajarmos juntos, os três, como antigamente, você escolhe o lugar, e me deu uma vontade enorme de voltar a ser criança e ir, livre de preocupações, um chalé, lareira, livros, boas conversas, filmes à noite na televisão sentada entre os dois, enrolada na manta. Desejo de aconchego.

No sábado depois do almoço, fui com Sophia a uma exposição de arte num prédio de linhas curvas. Depois de uma fila grande e demorada, percorremos as salas, vimos as telas, esculturas e instalações. No café, me bateu uma angústia enorme, aquela quantidade de bolinhas de luz me emocionou, tanta vida ali. Lágrimas escorreram pelo meu rosto, logo eu, que sempre fui tão forte, tão pouco manhosa, chorava em um lugar público. Sophia segurou minha mão, me fazendo crer que aquela agonia iria passar, um dia você vai olhar para trás e vai dar risadas desse momento, mas tem horas em que é preciso escolher o que é melhor pra você, e isso só você mesma é que sabe. Meus olhos embaçados, as pessoas conversando animadamente, o barulho de xícaras e talheres, o jazz que embalava o ambiente, o cheiro de bolos e café. Às vezes o amor deixa a gente doente, e aí um dia a gente descobre que nem amor era. Se você achar que terminou, acaba logo com isso, paciência, uma hora tudo tem um fim. Pega suas coisas e vai, segue a sua vida. Mas se sentir que é ele, insiste, se cuida direito e batalha por isso. Era bom ouvir suas palavras. A fila no caixa, crianças correndo pelo salão, a vitrine da loja do museu, pequenas peças expostas, livros, canecas, lápis de cor e lágrimas pelo meu rosto. Por que a gente não tem um botão de liga e desliga?

Mais tarde naquela noite saí com minhas amigas, elas insistiram muito, eu não tinha muito ânimo, mas fomos a uma balada num lugar novo que eu ainda não conhecia. São Paulo tem lugares sendo inaugurados todos os dias. Era um galpão antigo, dividido em três ambientes, com bar, telão com projeções e espaço para dançar música eletrônica, *techno* e *house*. Nem é muito meu estilo, prefiro *rock* e *pop*, mas fui. A casa era especializada em drinques moleculares, feitos numa coqueteleira que altera a estrutura física e química dos ingredientes e cria formas e texturas diferentes. Depois de um espaguete de caipirinha, duas tequilas em formato de caveira e gelatina de *bloody mary*, é claro que eu estava muito doida, animada e falante, e nem aquele som ensurdecedor me conteve. Fui para a pista, que estava lotada. Flertei com um cara forte, alto, de cabelos raspados. Ainda se fala flerte? Gostei do formato de sua cabeça, bem redonda com orelhas pequenas com um *piercing* no lado esquerdo, nariz reto, olhos escondidos pelos óculos escuros, lábios grossos. Gostei da camiseta com *gliter* que brilhava sob as luzes da pista. Era divertida. Ele começou a dançar quase colado em mim, e aos poucos suas mãos alisaram meus quadris e minhas costas. Eu acariciei seus músculos, tinha bíceps volumosos, cheguei bem perto para ver a tatuagem de uma cobra que dava a volta no braço, era bom ter vontade de beijar uma pessoa diferente. Beijei. Vic era o nome dele. Beijamos durante muito tempo, sua língua tinha um *piercing*, dançamos várias sequências de uma batida que, em estado normal, eu acharia insuportável. Fomos para o balcão do bar tomar um caviar de cachaça com menta numa colher. Eu suava. Depois tomei uma bala que ele me deu, suei mais ainda, fiquei muito agitada. Dançamos até quase o dia raiar, as meninas se despediram horas antes.

Fomos para um hotel nas imediações. Era decadente, desses que têm o letreiro em *neon* na fachada, mas nem reparei na hora em que subia as escadas a caminho do quarto, com Vic me agarrando e passando a mão sob meu vestido. Eu não tirava os olhos do espelho do teto enquanto Vic estava em cima de mim. Era bom ver seu corpo nu em movimentos repetitivos, seus músculos torneados, uma tatuagem tribal perto do cóccix, outra de um pássaro, uma águia? na omoplata, subindo pela nuca. E me dava um estranho prazer saber que era eu ali, naquela cama redonda, com aquele homem, e me olhar no espelho, entre os lençóis de cetim. Tudo muito cafona, exagerado, mas não ruim, mesmo sem rituais, sem banhos de espuma, sem uma voz me dizendo coisas meigas ao pé do ouvido, Nina mia. Nem me lembro se falei meu nome para ele. De tudo que eu sei sobre aquele homem era que se chamava Vic, raspava a cabeça, tinha tatuagens em várias partes do corpo e um *piercing* na língua. E eu não tinha vontade de saber muito mais.

Dias depois daquele fim de semana, mais uma novidade vinda de Pedro. Um amigo fotógrafo queridíssimo, como ele se referia aos seus afetos, com quem trabalhou durante anos, tinha conseguido um financiamento de uma fundação internacional para abrir uma agência fotográfica e convidou Pedro para ser co-diretor. Seria uma cooperativa de fotógrafos com foco em direitos humanos e meio ambiente e contratariam jornalistas para acompanhá-los nas reportagens. Ele adorou a ideia, não poderia deixar de achar o máximo e pensava em aceitar. Conversou comigo, me senti prestigiada por Pedro contar alguma coisa e achar que minha opinião pudesse ter valor para sua decisão. A ideia estava bem avançada e já havia até a perspectiva de alugar um escritório num antigo armazém reformado, na região portuária da cidade, que estava num processo de revitalização. Pedro admirava-se da beleza da área, Niterói lá do outro lado, Ilha das Cobras e outras que não sei o nome, não me lembro como Pedro as chamou. Pedro voltaria a ter seu universo particular, aquele que eu não invadiria com pedidos de fotos e reclamações. A empolgação dele era enorme e isso o fazia falante, prolixo. Eu já o tinha visto excitado com alguns projetos, não era novidade para mim. Dali a algum tempo, a rotina o invadiria e, com ela, a melancolia, as bebedeiras, os atrasos. De alguma forma eu esperava que esse processo de desencanto demorasse mais um pouco, mas que viria, ah, isso viria, sim, sempre vem. Era evidente que ele tinha o perfil para trabalhar nesse tipo de organização, com trabalhos autorais, não se sentir tão preso a *deadlines* e fechamentos diários. Mas sempre haverá os apesares, com Pedro sempre há.

Naquela noite, saímos para jantar num japonês na Lagoa, a pé, de mãos dadas, como dois namorados. A lua estava cheia, amarela, e seu brilho tornava o espelho d'água dourado, com vários pontinhos de luzes vindos dos edifícios no entorno. A Lagoa, lua em plenilúnio, gosto dessa palavra, nós de mãos dadas. Mais tarde, Pedro me chamou de amorzinho enquanto eu descansava a cabeça em seu peito, deitados na cama.

No dia seguinte, a manhã entrou no quarto com força, a brisa agitava a cortina, a claridade tomou minha cama, me fez levantar, vestir o maiô e, meia hora depois, voltei à piscina. Ao longe o Dois Irmãos, atrás dele, a Pedra da Gávea. Bolas e bolhas brilhantes no azulejo quando minhas mãos furavam a água. Um sol vivo acima de mim. Ondas de felicidade? Não saberia dizer.

Uma imensidão de céu misturado ao oceano e não se percebia onde um começava e o outro terminava. Eram, céu e mar, uma só imagem, uma só força, salpicados de estrelas, uma meia lua tímida e o barulho das ondas num compasso organizado. Havia ordem no meio do caos. Eu me sentia menor que um grão de areia, deitado sob esse quadro que existia há mais de treze, quatorze, quinze bilhões de anos, quando o universo começou a se desenvolver e se expandiu, com zilhões de galáxias, estrelas, nebulosas, planetas, satélites, cometas, meteoros, números desconhecidos e absolutamente gigantescos, infinitos. Depois vieram as amebas, os plânctons, insetos, aves, répteis, anfíbios, mamíferos, ah, os mamíferos, que sempre me encantaram, e tudo surgia, como notas numa sinfonia, até chegar aos primatas. E logo, por causa de um ou dois DNAs diferentes, aparecemos nós, hominídeos, os humanos, evoluímos e atingimos o topo, onde estamos. Nós, humanos, os seres com o maior cérebro em proporção ao corpo, nós que raciocinamos, controlamos o fogo, temos a capacidade de amar e desenvolvemos o polegar opositor. Nós, humanos, com um potencial maior de dizimar tudo o que vemos pela frente, de poluir rios e mares, de derrubar árvores e fazer desertos. Nós, que espirramos agrotóxicos nas lavouras e depois comemos, queimamos e inutilizamos a terra, exploramos outros humanos iguais a nós, extinguimos animais. Nós, os criadores do conceito de raça, nós, os senhores do universo, nós, os destruidores. E eu aqui embaixo, eu, que não sou nada, nunca fui nada, menos que uma poeira, tinha certeza dessa capacidade de dar cabo de tudo tão inerente ao ser humano.

Estávamos, o repórter e eu, viajando havia uma semana pelo nordeste, pela nossa agência fotográfica, documentando o fim da mata em vários estados para dar lugar ao gado. Chegamos um pouco depois do entardecer a Canavieiras, no sul da Bahia, que vinha sendo devastada numa velocidade imbecil. Saímos ainda de madrugada de Alvorada do Gurgueia, cidadezinha incrustada na parte central mais abaixo do mapa piauiense, onde passamos os últimos dias, e viajamos seis horas até Teresina. Sol a pino, azul forte no céu, algumas nuvens brancas como algodão fofo, mas que nunca acontecem. Chove muito pouco por ali. Terra vermelha, buracos, pequenos casebres à beira da estrada, poucos postos de gasolina, gado magro, costelas aparentes, cães sarnentos, aves de rapina à espreita, bichos atropelados, vegetação ressecada. Volta e meia parávamos, quando a cena inspirava uma foto. Na capital, pegamos o voo para Ilhéus, onde alugamos a picape que nos trazia até Canavieiras. Um dia inteiro de viagens, calor, suor, cansaço.

Saí sozinho, depois de fazer o *check-in* na pousada, para dar uma volta na praia. Começava a cair a noite. De bermuda, descalço e sentindo o vento na minha pele, me sentia mais vivo agora do que nos últimos anos, tomado pela rotina e por chefes que não entendiam nada de fotografia, que só queriam fechar a página, colocar a legenda e passar para a próxima, para o dia seguinte, para o contracheque no fim do mês, para a morte no fim da vida. Pessoas que querem estabilidade, que querem se livrar dos problemas, colocar um xis ao lado da tarefa concluída. Eles não sabem nem querem saber o que é diversão e arte, querem só comida.

Estava com saudades de Nina, saudades do seu cheiro, do seu hálito, da água pingando por seus cabelos depois do banho, da toalha caindo aos pés, de abraçar aquele corpo nu, sentir suas formas, a pele, as penugens, a nuca eriçada. Sentia uma dor no peito, um aperto, como se alguma coisa me sufocasse. Às vezes notava que Nina se afastava de mim e eu precisava recuperar o espaço perdido. Eu fiz besteiras demais, uma hora ela haveria de cansar, mas eu tentava andar na linha. Dei pouca atenção a ela, deixei que ficasse muito sozinha em seus pensamentos, agora eu tinha que reverter a situação, estar mais presente, sair mais, conversar mais. Mais. Mais. Ganhar o espaço desaparecido, ser amável, ficar junto, estar presente, é o que se faz quando não há muito o que fazer, recuperar o tempo perdido.

Segui todos os conselhos de Nina e apliquei o dinheiro da rescisão, corria das tentações de pegar a pequena bolada e investir em cavalinhos ou nas fichas, só apostei feijões na casa da mãe, num almoço de domingo, com as irmãs e o sobrinho. Não pensava mais no dinheiro e o que poderia fazer com ele, deixo lá, longe de mim, se multiplicando, embora eu não consiga entender como vá transformá-lo em milhão com um por cento ao mês, fora os impostos. A senhoria do meu apartamento não queria vendê-lo, era herança do marido para o neto, essas coisas de família que a gente entende, aceita, respeita, fazer o quê? Nina estava vendo alguns imóveis com corretores, mas o mercado estava aquecido demais, talvez não fosse o melhor momento, ela dizia. Deixa o dinheiro ficar lá, no banco, não está parado, quando aparecer uma boa oportunidade a gente vê. De vez em quando eu me perguntava se Nina queria mesmo comprar alguma coisa comigo, ter mais esse comprometimento. Não sei, não saberia responder, olhava o mar, o horizonte escurecido, caminhava em frente.

Com o trabalho novo, de alguma forma, eu resgatava um pouco de mim, poder viajar até as pequenas cidades, os bairros mais distantes, ver as pessoas reais, as igrejas, os cemitérios. Recuperava a paixão pela fotografia, apurava o olhar, investigava a luz, criava com as sombras, me lançava para o desconhecido que, ao mesmo tempo, era tão íntimo de mim, a folha, os frutos, a raiz, a rachadura da terra, o capim, o fogo, a madeira cortada, o carvão, a fumaça, os rios, a queda d'água, o poço. As aves. Anapuru, araruna, arara-azul-de-lear, siriema. Macuco, araponga, mutum, quereiuá. Penas, plumas, azul, laranja, verde, preto, pardo. Tribos de Truká, Tumbalalá e Atiku, velhos pajés, homens imberbes, mulheres, curumins, bambu, casas de pau a pique, tear, redes coloridas, pele morena, picadas de mosquito, cabelos pretos escorridos, lábios grossos pintados de carmim, olhos inchados, cílios curtos.

Cocar, colares, arco, flecha, pés no chão, unhas machucadas. E uma dor no peito me pegando enquanto caminhava à beira d'água.

Nina fazia falta ali, naquele momento, sob aquele céu que se confundia com o mar e o barulho das ondas e do vento. Queria segurar sua mão, conversar sobre qualquer coisa. Nina falava sobre tudo, íamos de filosofia a romance, de música a revistas em quadrinho. Nina sabia de tudo. Nem sempre as opiniões coincidiam, é fato, como ela diria, mas até nas divergências eu sentia saudades de Nina. Tão dramático, ela disse, quando, depois do passeio, consegui que a ligação do celular se completasse e contei da beleza imensa que estava vendo, falei das emoções que fluíam de mim, das saudades dela. Nina, tão sofisticada, tão elegante em suas roupas caras, com seu corte de cabelo classudo, estava ali, em cada molécula daquele povo pobre, naquele resquício de mata, nas cactáceas, no ipê roxo, nas aroeiras. Nina estava no céu escuro pontilhado de estrelas, no mar encapelado, no caos que se instalava no universo ao bater de asas de uma mísera borboleta, nas pequenas tartaruguinhas que deixavam seus ovos num buraco de areia e sobreviviam ao primeiro mergulho nas águas mornas do mar, as patinhas se movimentando avidamente para chegar a algum lugar. Você bebeu, Pedro, Nina interrompeu meus devaneios, só um pouquinho, aqui tem uma cachacinha boa.

Duas semanas depois de vasculhar o sul da Bahia atrás de provas de desmatamento, flagrar caminhões carregados de madeira nobre, pássaros apreendidos para serem exportados ilegalmente, leitos secos de rios, fornos de carvão, termelétricas, voltei para o Rio, antes de sair para uma nova etapa do trabalho. Havia muito o que fazer, centenas de fotos para serem trabalhadas, relatórios a enviar, textos a preparar, reuniões, reuniões, reuniões. Como gostam de reuniões essas pessoas que trabalham em projetos, investem horas e horas em encontros ou ligações, nem sempre proveitosas, em geral se fala muito, se discute tudo, detalhes mínimos, míseros, a cor da caneta na qual se vai mandar imprimir a logomarca da agência, se é melhor fazer camisetas ou bonés e distribuir por aí. Eu prefiro boné, diz um, camiseta, diz outro, e daí partem para votações e eliminações como se isso fosse uma coisa realmente importante. Qual o impacto disso, eu perguntava, um bom marketing para marcar o nosso nome, diziam, havia fundos para isso na rubrica tal e precisávamos gastar, fazia parte do projeto. E enquanto se perdiam manhãs inteiras em reuniões, as coisas para fazer iam aumentando, é lógico, não inventaram ainda um eliminador de tarefas e eu me via no meio de uma burocracia tremenda, papéis, e-mails, telefonemas, *calls*. Saía exausto, louco para fazer uma nova viagem, ver o mundo real, pegar minha câmera e me livrar daquele pequeno inferno chamado escritório. Burocracia, Pedro, isso se chama burocracia e a vida está infestada desse mal. Bem-vindo à vida real, Nina me disse. Ela sempre se ressentiu muito da falta de objetividade das pessoas, e eu tinha que concordar, Nina mia, você tem razão, como as pessoas são essencialmente chatas. Foram anos em redação, toda a minha vida profissional foi passada naquele ambiente, e se há uma coisa em que jornalistas são bons é na clareza e objetividade. Cedo se discute a pauta do dia, quais entrevistas devem ser feitas, quem e o que precisa ser fotografado, contam-se piadas a todo instante, no meio da tarde outra discussão para fechar a edição, ver as manchetes, o que apareceu de surpresa durante o dia, os destaques, as imagens, o que vai em cada página, jornalistas são muito ágeis mesmo, sabem que tempo é material raro e a produção é industrial. Nina me dizia isso, a produção é industrial, eu desdenhava da forma como ela se importava com os prazos e agora me via na mesma situação. Sentia falta das redações quando entrava em uma reunião infindável com administradores, financiadores, assistentes, gente que se leva muito a sério e que entende muito pouco de fotografia ou reportagens. Não te falei? Disse que não seria fácil. Nina tinha esse jeito de mostrar que já sabia das coisas antes delas acontecerem.

    O ser humano é essencialmente egoísta, mesquinho, não importa onde trabalha, se em grandes corporações ou em organizações sem fins lucrativos. Não existe nada que não tenha o lucro como meta, se não houver lucro, não tem como ser sustentável, era outro argumento que Nina usava e eu quase obrigado a concordar. Eu tinha empregados a pagar, contas de luz, água, telefone, internet, tíquete refeição, vale transporte, aluguel da sala. O maldito dinheiro, sempre o maldito dinheiro, a ditar as regras, não havia como escapar, imaginei que sim, mas não havia, não adiantava eu fugir dessa evidência. Apesar de termos financiamento externo, a agência tinha que ser sustentável, vender fotos. Vender. Eu estava no mercado de vendas e só percebia isso agora. Nada me diferenciava muito do sujeito da concessionária de automóveis ou do mercado da esquina. Todos nós tínhamos algo para vender.

 Eu tentava ser dedicado, mas faltava ânimo da parte de Nina, eu sentia que ela não era mais como no princípio, quando nos conhecemos. Andava mais pensativa que o normal, alguma coisa a incomodava, eu percebia, tentava agradá-la, mas ela não dizia o que era. Tinha um monte de trabalho a fazer, me largava sozinho, beijos só de Dupont e Dupond, sempre mais de Dupond. Ou então saía com amigas e eu não precisava ir, você não gosta mesmo, dizia assim, como que para me afastar. E voltava feliz, risonha, jeito de quem se divertiu. As mulheres analisam muito, remoem mágoas, um belo dia te jogam na cara coisas de dois, três anos, que você nem se lembra mais, não entendo porque tanta amofinação. Eu estava na linha havia tempos, saía menos com os amigos, evitava as bebedeiras e a jogatina, voltava das viagens louco para ficar em casa e namorar Nina, sentir seus cheiros. Eu estava no ponto para receber o prêmio de homem do ano.

 Pensava no quanto as mulheres mudavam a vida da gente quando saí da agência e em quanto Nina me transformou num sujeito melhor. A noite já tinha chegado havia tempos, quente, sufocante. O verão não deu prenúncio, se instalou na cidade com seu jeito abafado e cortou a brisa que sempre soprava do mar, refrescando. O trânsito parado. Com as obras da cidade, o trajeto dos ônibus era incerto, passava por ruazinhas estreitas, os pontos mudavam a toda hora, a ida e a volta se tornavam um tormento. Cada vez era mais difícil ser pedestre nessa cidade, tapumes, desvios e crateras por todos os lados. Calçadas em má conservação, as pedras portuguesas faltando. Consegui pegar um ônibus para casa e fui sacolejando.

O peso no peito me deixava um pouco prostrado, uma certa dificuldade de respirar, umas fisgadas que apareciam de vez em quando na altura do estômago. Quem sabe não precisasse procurar um médico, como Nina sugeriu. Talvez estivesse com gastrite. Desci na rua Jardim Botânico e subi a Pacheco Leão. Parei no bar do galego para tomar um fôlego. Conversa vai, conversa vem, o galego me disse que a gata dele teve cria e não sabia o que fazer com os bichinhos. Duas já tinham dono, eram fêmeas, mas os três que sobraram, os machos? Estão vacinados e vermifugados, precisam ser adotados logo, a mãe já desmamou, quer sair por aí, é uma gata da pá virada, disse. Fui ver os bichanos num depósito nos fundos do bar, um lugar escuro e com cheiro ruim. Estavam no meio da bagunça, entre caixas de óleo, material de limpeza e engradados de bebida. Um preto, um malhado café com leite e outro branco. Pequenos, frágeis. O pelo fino e arrepiado. Os bigodes compridos. As orelhinhas em pé. O olhar verde. Estavam enrodilhados próximos da mãe, queriam obter o máximo do amor materno antes de serem largados por aí, feito bichos. Com miados finos, reclamavam de alguma coisa. Reivindicavam carinho. Os dentes pequeninos espetados no canto das bocas. Segurei os gatinhos, um a um. Eram mínimos, cabiam na minha mão, lamberam meus dedos, safados, sabiam que me conquistariam pela lambida. Pedi ao galego uma caixa de papelão, acomodei os três lá dentro e os levei. A mãe nem veio se despedir. Desalmada.

Achei que Nina gostaria dos gatos, ela adorava bichos, os filhotes são lindos demais, a delicadeza e a desproteção que emanam, mas ninguém em casa gostou da surpresa. Nina falou para eu devolver imediatamente, não dá pra ter dois cachorros e três gatos num apartamento, não é possível, você é louco, disse zangada. Dupont e Dupond também detestaram a ideia, se puseram a latir para eles, raivosos, e a andar atrás de nós o tempo inteiro, grudados nas pernas. Dupont chegou a ameaçá-los, tentando morder, acabou satisfeito em dar uma patada que jogou um dos bichinhos longe. Quando os gatinhos saíam da caixa e davam uma volta pela sala, os cães os atacavam, rosnavam, arreganhavam os dentes e, a pior das heresias, até faziam xixi perto do sofá. Eles, exemplo de boa educação, se mostraram uns territorialistas danados, que decepção. Os gatinhos eram caçados de forma vil. Tomavam leite morno num pires, voltavam para a caixa e ficavam na cozinha, isolados do convívio familiar, desanimados, desconfiados. Miavam alto os coitados, protestavam.

As mulheres me surpreendiam todos os dias. E agora os cachorros também.

TRINTA E UM DE DEZEMBRO. Dia abafado. Previsão de chuva forte para o réveillon. Lá fora, desde cedo se ouviam fogos. As pessoas iam para a praia, algumas já usavam as roupas brancas tradicionais, para agradecer a Iemanjá pelo período que se encerrava e pedir benesses para o futuro, levavam flores, bebida, comida, velas. Eco de vozes atravessava a janela, junto com a luz do sol. Os cachorros, alucinados com tanto foguetório, procuravam esconderijos em armários ou no box do banheiro, se recusavam a comer ou beber água. Eles são alemães, devem achar que uma guerra começou, o cérebro primitivo os leva a procurar abrigo, ir para o *bunker*, era a teoria criada por Pedro, que criava hipóteses para tudo. E os gatos reagiam da mesma forma. Pobres gatos, que Pedro trouxera havia dois dias, coagidos pelos ciúmes caninos. Já me afeiçoara a eles, ainda sem nomes, desconfiados de tudo, atormentados pelo barulho da pirotecnia.

Passamos o Natal com minha família na casa de Vovó Rachel, em Santa Catarina, como eu sempre fazia desde pequena e, surpreendentemente, Pedro foi comigo. Em todos esses anos, era a segunda vez que passávamos a data juntos, ele se dizia avesso a comemorações. Foi bom estar com ele em meio aos primos e primas, tios e tias, pai e mãe, embora uma ponta de tristeza pairasse em nosso estado de espírito, eu sentia isso. É a época, Nina mia, há quem adore e há os que detestam, estamos no segundo grupo. Mas eu não antipatizava, ao contrário, gostava de estar com meus parentes queridos, com Carlo e Sophia, sentia saudades deles e da convivência mais próxima. O mau humor de Carlo com Pedro era cada vez mais visível, implicava com as quantidades de uísque e cerveja tomadas, desdenhava que ele fosse dar sequência ao trabalho. Pedro reclamava, queixava-se de estar sob um fogo cerrado, seu pai é um conservador danado, mas eu não queria me meter. Ele era adulto o suficiente para defender suas ideias e Carlo, as dele. Não tomaria partido. Também reclamava da falta de assuntos com meus primos, e como sempre Pedro colava rótulos nas pessoas. O primo Fred é plantador de alimentos orgânicos, quer coisa mais alternativa e progressista, para usar seus termos? Mas Fred era dono da fazenda que herdou do pai e tornou próspera, na visão deformada de Pedro, fazendeiros não prestavam, herdeiros eram piores ainda. Colocava todos na mesma saca de cereais. Para as crianças, filhos de primos, Pedro era uma novidade boa, e ele relaxava no contato com elas, jogava bola, brincava de esconde-esconde, contava histórias, interpretou o lobo mau e até fez uma pipa e a colocou no alto aproveitando o vento.

Nunca cogitamos ter filhos. Era uma decisão muito mais da mulher, eu sempre achei que quem decide somos nós, e naquela época eu não tinha qualquer instinto materno. Quem sabe eu sempre tenha percebido que Pedro não seria o melhor parceiro para uma empreitada tão importante quanto um filho e, inconscientemente, atrasei meu relógio biológico? Ou não, talvez eu não quisesse mesmo ser presa a um bebê ou já estivesse amarrada a uma criança grande, geniosa, que se recusa a crescer. Acho a maternidade um mito, a grande mentira de que todas as mulheres têm que ser mães, e que só se realizam tendo filhos. Nem sempre. Havia tantas coisas que eu não saberia responder, me assustava tamanha incompreensão de mim mesma, quanto mais buscava respostas mais perguntas eu tinha.

Pedro e Vovó Rachel davam longos passeios em volta do lago onde ficava a casa, de braços dados, conversavam sobre a situação do mundo, Israel, Palestina, comunidade europeia, a vida no campo, passavam para teatro, filmes *noir*, os preferidos dela, pulavam para qualquer outro assunto com a mesma facilidade. Eram ecléticos e a vovó acompanhava bem as ideias de Pedro. Vovô Antônio fazia falta, ele tinha morrido meses antes, haveria sempre a lembrança dele naquela casa, de seu piano bem tocado, das conversas à noite em volta da mesa e até de seus últimos anos, acompanhado de enfermeiros, numa cadeira de rodas, alheio à vida, sem distinguir quem era quem na própria família.

Levei Pedro para conhecer as praias da região, Lagoinha, Rosa, Mole, Bombinhas, Garopaba. Fizemos caminhadas de mãos dadas à beira d'água, os pés afundados na areia molhada, a espuma das ondas nas canelas, tendo à frente as vastas faixas brancas de areia e os morros baixos cobertos de vegetação. O sol esquentava a pele, dava a sensação boa de aquecer sem queimar, o vento suavizava qualquer ardência. Nos metemos em trilhas, das quais Pedro logo desistia alegando ser muito íngremes e não estar com disposição, botava a mão no peito e fazia cara de quem estava para morrer. O drama, sempre o drama. Ele ficava sem ar com facilidade, eu insistia para ele procurar o médico. Eu vou, Nina, vou marcar depois do ano novo, dizia. Demos mergulhos nas águas transparentes, onde chegava a ser possível enxergar o fundo e observar cardumes. Pedro tirou lindos retratos de pescadores, que voltavam do mar à hora que passávamos, as tarrafas jogadas ao ar, o brilho do sol em segundo plano, as mãos calejadas, os peixes, crustáceos e mexilhões no fundo dos barcos.

À noite, na varanda, muita escuridão e pouca conversa. Mais tarde, um clima de melancolia invadia o quarto, Pedro me puxava para junto dele, me beijava, uma vez fizemos amor, mas nas outras ficávamos abraçados em silêncio até adormecermos. Não era mais tão bom quanto antes, não poderia continuar acreditando ser só uma fase passageira, e isso me dava um travo na garganta. Pedro se virava para o lado, caía em sono profundo, e eu ficava só, um desassossego, ouvindo os barulhos do vento, de folhas e galhos, os pios das aves, o coaxar de sapos.

Na ceia, brindes à vida, à família. Saúde. Amor. Depois, a troca de presentes. Ganhei uma escultura de bailarina de bronze de Sophia, de formas alongadas, esculpida em pleno momento de dar um salto no ar. No cartão, muita felicidade pela vida afora, dê pulos, viva a alegria, sua mãe, te adoro, frases soltas que me emocionaram. No dia seguinte ao Natal, voltamos para casa.

E agora, último dia do ano, Pedro estirado no sofá, o terceiro copo de uísque, e ainda não é nem meio-dia. Livro de Vinicius na mão. Detesto final de ano, você sabe disso, dizia. Toda aquela celebração lá fora tinha o reflexo oposto aqui dentro, uma consternação tomava conta da casa, contaminava tudo, feito um fungo, um mofo. Os cachorros, já perturbados pelo barulho dos fogos, percebiam o ânimo ruim e se prostravam deitados entre as pernas de Pedro, garantindo o lugar cativo deles, agora também disputado pelos gatinhos, que se encolhiam e acabavam por achar uma brecha. Pedro ficava pesado nessas ocasiões, pesado demais, e eu precisava desesperadamente de leveza. De tudo ao meu amor serei atento, antes, e com tal zelo, e sempre... o soneto declamado com a voz embriagada, aqueles versos tão conhecidos, ouvidos milhares de vezes antes, não paravam de ecoar na minha cabeça.

Pedro jamais foi atento a seu amor, nunca zelou por ele, o poema era dito em vão, eram mais palavras cuspidas à toa, por dizer, palavras bonitas que se tornavam banais. Eu me perguntava constantemente sobre esse sentimento todos os dias nos últimos tempos, desde que abria os olhos até o momento em que os fechava e me deixava ser levada pelos sonhos para outro estágio de consciência. Eu ainda sentia amor por Pedro, de verdade, tentava alcançar a paixão dos primeiros tempos que, eu sabia, não voltaria.

Apesar da empolgação com o novo trabalho, Pedro começava a fazer da rotina um cavalo de batalha. Tudo era cíclico com ele e com uma intensidade diferente da minha, era difícil ter um parâmetro. Entrava em êxtase com uma visita a uma comunidade indígena no meio da Floresta Amazônica e ia para o fundo do poço ao ser envolvido em assuntos do escritório. Ele já começava a reclamar do excesso de reuniões, de relatórios a serem entregues, das formalidades, da falta de inteligência de algumas pessoas da equipe. Achava que deveria só viajar, sair pelo país afora fotografando todo tipo de gente, os ecossistemas. É assim mesmo, eu respondia, é preciso ter planejamento, eu tentava contrapor seus argumentos, sempre muito destrutivos e depressivos, mas estava cansada daquele papel. Eu também me via frente a assuntos maçantes, com reuniões das quais queria escapar e não podia, encontros com pessoas com quem eu não tinha nenhum interesse em comum, mas encarava-os, seguia em frente. E sabia avaliar a parte boa e prazerosa do trabalho, sem ter ninguém a passar a mão pela minha cabeça e me consolar.

Sentia saudades de mim mesma de anos atrás, da Nina recém-chegada de MBA, contratada como repórter especial, cheia de desafios, animada, transbordando vida, em estado de paixão pela cidade espremida entre o mar e a montanha. Daquela Nina que saía com amigos, ria e se divertia, dava gargalhadas à toa, flertava, namorava. Aquela Nina parecia não existir mais, ficou perdida no tempo, era tão distante da que me tornei, para quem tudo é tão sem graça, como flores murchas num vaso. A Nina de agora vivia à espreita da próxima crise de Pedro, sabendo que mais dia, menos dia, ela viria, e ficaria acuada com suas próprias aflições, teria os suores frios à noite, acordaria de madrugada com preocupações minando qualquer sensação de paz. Por que eu deixava ele mexer tanto comigo, até com sentimentos que eu mesma não conhecia e não sabia lidar? Por que eu perdia tanto da minha essência? Cadê a sedução com a vida, para onde tinha ido? Tentava trazer a Nina de anos atrás à tona novamente. Emagreci um pouco desde que voltei a fazer exercícios constantemente, tornei a me cuidar e me alimentar bem. Algumas roupas voltaram a fechar na cintura, meu rosto havia perdido o arredondado das bochechas. Envelhecer, de certa forma, dói, e ter consciência de que os dias passam e que nunca mais vamos ser quem fomos ou quem sonhamos ser, tortura. Mas eu tentava escapar a todo custo de uma decisão que, no fundo, sabia ser inevitável.

E aí voltava à pergunta que tinha virado chave na minha vida: será que ainda era amor? Paixão não existia mais, não sentia mais o coração disparar, ninguém viveria apaixonada tantos anos, seria inviável fisicamente, a química da paixão provoca sintomas avassaladores no corpo, diziam as pesquisas. Observava Pedro deitado, o copo de uísque no chão, os olhos semicerrados, as bolsas sob os olhos, a barriga proeminente, o livro caído, os bichos aconchegados entre suas pernas, era uma atmosfera de amor ali, naquele sofá. Mas, e aqui dentro, era amor?

Pedro queria ir a Copacabana assistir à queima de fogos. Havia anos íamos para o apartamento de um amigo dele no Leme. O pessoal se reunia, dividia a conta das comidas tradicionais, sobremesas e bebidas, muito álcool, um deles fazia às vezes de DJ, e tinha tudo para ser uma festa bacana, tudo depende do espírito com que se encara, mas era um apartamento pequeno para tanta gente, com um muro de cimento que o escurecia e impedia a vista de qualquer coisa. Um pouco antes de meia noite saíamos no meio daquela multidão até o calçadão, champanhe e taças à mão, a confraternização, abraços, desejos de sucesso, de paz, alegrias, e então voltávamos à festa e, no fim, íamos andando para casa, assistindo ao espetáculo do primeiro nascer do sol do ano. Espetáculo era o modo de Pedro falar, como se aquele fenômeno do dia clarear não existisse desde que o mundo é mundo. Anos atrás eu não veria essa cena com tanta amargura.

Eu queria evitar Copacabana mais uma vez. Tive um convite para uma festa na Fonte da Saudade, no alto da Sacopã, de onde se via toda a Lagoa, amigos de amigos, mas Pedro nem cogitou a ideia, imagina, passar a virada do ano com aquela gente, como sempre prejulgando os outros. Eu não insisti. Preferia ficar quieta em casa, com os cachorros, agora com os gatos também, começava a me apegar, queria dormir cedo, acordar num ano zerado. Esperança infantil, uma vida nova não chegaria com a virada do calendário. Era difícil demover Pedro da ideia de ir para um lugar apertado, cheio de pessoas com quem eu não tinha afinidades. Não estava com paciência para música alta e tumulto.

Pedro não abria mão das coisas que queria, não considerava os meus desejos, eram as suas vontades que sempre prevaleciam. Eu passei o Natal com a sua família, esquece? Ele usava essa moeda de troca, então não era para ficar comigo, mas para poder me cobrar depois por alguma coisa, por isso você foi? Eu não aguentava mais essa disputa pelo pior, essa forma de ver o mundo, ou é bom ou é mal, é rico ou pobre, vilão ou mocinho, eu faço, você não faz, eu ou você, nunca nós. Isso não mudaria, ninguém muda tanto e eu tinha cada vez mais convicção de que Pedro não seria capaz de dar uma guinada, seguir por outro caminho. Era como o carrinho da montanha russa, quando podia virar voltava para o mesmo lugar e caía ladeira abaixo.

Não consigo mais te amar, pensei, encostada à parede, vendo Pedro cochilar, os gatos no colo, o copo vazio no chão, a marca da rodela da transpiração do gelo no assoalho. Não é justo comigo, onde está a felicidade prometida, a paz de espírito, a harmonia? Levei os cachorros para passear. Continuavam enciumados com os gatinhos, queriam atenção o tempo todo, não sabiam dividir.

Desci a Pacheco Leão, atravessei o canal, segui para a Borges de Medeiros, andei até a altura da igreja de São José. Tudo em mim era angústia. Pessoas corriam, caminhavam, casais passeavam de mãos dadas, bicicletas cruzavam em minha direção, alguém brincava com Dupont e Dupond, bonitinhos, os rabos levantados que abanavam em troca de qualquer carinho, Dupont mais arisco, Dupond mais simpático.

Logo mais o sol iria se pôr, o último sol do ano. A chuva anunciada deveria cair mais tarde, vestígios dela começavam a se formar atrás do Corcovado, naquele céu manchado de tintas violetas e laranjas. Lágrimas escorreram pelo meu rosto e fui tomada por uma mágoa indescritível. Eu não poderia viver novamente um novo ano de agonia naquele apartamento, e depois outro ano e em seguida outros mais, observando Pedro entrar em seu universo particular, se acomodar lá dentro, me abandonar em troca de programas que não me incluíam, me pregar mais rótulos enquanto eu busco formas de sobreviver a seus ciclos, envelhecer. E, no fim, me emocionar porque o tempo passou, me conformar, vivi o que deu para viver, ou me arrepender de não ter feito alguma coisa, não ter tomado outro rumo, falaria sozinha ao ver minha imagem no espelho. Acabou, eu assumi ali, naquele passeio tão trivial com os cachorros, no último dia do ano, eu assumi que chegou ao fim, que o amor, afinal, não era infinito. Atravessei o canal de volta para casa, subi a Pacheco Leão. Limpei as patas dos cães, dei água de coco, ofereci para os gatos também, gostaram da bebida adocicada e gelada, uma pequena confraternização entre os animais. Pedro dormia no sofá. Ajoelhei-me a seu lado, acariciei seu rosto, o queixo quadrado, senti a barba mal aparada na ponta dos meus dedos, a pele macia dos lábios, o ar que saía do nariz.

Meu Deus, como gostei de ficar deitada ao seu lado, do jeito dele me abraçar, da forma de me segurar pela cintura e me puxar para junto dele, o Neandertal, como dizia, de ouvi-lo repetir meu nome baixinho enquanto me amava, e isso se perdeu, nossa história passou, se foi antes da hora e eu não me dei conta. Gostava tanto daquelas mãos me envolvendo e descobrindo cada pedaço do meu corpo, e agora não suportaria tê-lo de novo nem mais um instante. Eu precisava sair dali, fugir daquela vida que já não era mais a que eu sonhava pra mim.

Vazia era como eu estava, essas lembranças pareciam tão distantes dos meus sentimentos, recordações de um outro século, outro milênio, outra pessoa. Encostei a boca no ouvido dele, beijei o lóbulo e disse baixinho, para mim mesma, te amei tanto, quis tanto que desse certo. Falei mais alto, para que ele acordasse e me ouvisse, não pensasse que era um sonho, ou um pesadelo.

Te amei tanto. Não te amo mais.

Sonolento e incrédulo.

Acabou, Pedro, acabou.

ACABOU, PEDRO, ACABOU. Não te amo mais, ela diria, não te amo mais, reafirmaria e iria embora, senhora de si, com a certeza de ter tomado a decisão certa, típico de Nina.

    O céu escuro seria iluminado em intervalos curtos por relâmpagos fortes, a chuva finalmente cairia lavando a cidade. Decerto estragaria a festa de muitos. Derrubaria casas construídas em encostas desmatadas, levaria árvores, galhos, pedras, lama. Rios entupidos e repositórios de esgotos insidiosamente invadiriam ruas, escadas, portarias, garagens, carros. O ano começaria com as campanhas por recolhimento de comida e roupas para os desabrigados, numa repetição da hipocrisia já vista tantas e tantas vezes. Repórteres narrariam tragédias nas televisões, entrevistando gente a dizer que foi deus quem quis assim. Tom compungido nas reportagens, populismo e ignorância contumaz. Os velhos políticos prometeriam verbas para reconstrução das áreas destruídas e meses depois nada estaria pronto, os miseráveis de sempre viveriam em abrigos provisórios, em ginásios, ou com seus parentes mais miseráveis ainda e o dinheiro teria sumido em algum bolso qualquer. Deus quis assim, falariam. Esse ciclo que nunca se fecha.

Eu estaria tão prostrado que não teria ânimo para chegar à janela e registrar tamanha beleza de raios, relâmpagos, luzes, chuva, contornos das montanhas, as pequenas coisas belas que só apareciam naqueles minutos finais, quando a gente percebe que perdeu.

Acabou, Pedro, acabou.

No meu peito, uma pressão. Doía porque Nina tinha ido embora, levando malas, levando parte da minha vida com ela, isso me condoía. Mas haveria a dor real também, aquela que chegou uns dias atrás, muito mais forte naquele momento, uma sensação de sufocamento que agora se transformava em ferroadas desde o meu umbigo até o meio do peito. Parecia que o ar escolhia um outro percurso para chegar aos meus pulmões, rasgando traqueia, laringe, faringe, perfurando as costelas. Gotas de suor brotavam na minha testa. Eu sentiria frio. Palpitações desordenadas. Atabalhoado. Acelerado. Dolorido. Um brinde a essas sensações.

Sem luz. O Horto costumava ficar às escuras durante as chuvas fortes. Nas chuvas mais fracas também, a eletricidade no Horto sempre foi um problema. Eu ouviria barulhos de carros ao longe, havia os que acreditam que esse ato insano de comprimir a mão contra uma buzina faria com que chegassem mais rápido a seus destinos. Vozes misturadas aos trovões, mais uma vez a rua Jardim Botânico submersa, correnteza a caminho do rio e daí para a Lagoa. Haveria sons difusos ao longe e um zumbido dentro da minha cabeça que repercutiria no meu tórax e se misturaria às minhas artérias, ventrículos, átrios.

Oco. Desprovido de ideias, sem qualquer pensamento, como se meu espírito resolvesse passear na tempestade e me deixasse aqui, sozinho, oco, nu. Beberia. Sim, beberia de novo e beberia mais uma vez, se conseguisse levantar e encher o copo, ouviria o tilintar do gelo contra o vidro, barulho que me conquistou desde que, criança, via os adultos beberem e os admirava por isso. Não lembraria quando comi pela última vez e sentiria uma ardência na boca do estômago, um enjoo a contaminar todo o meu abdome e aumentar a pressão no meio do peito. A voz de Nina preencheria meu vazio e ecoaria ao som do bombeamento de meu sangue, cada vez mais forte, tum tum, tum tum, cada vez mais doloroso, tum tum, tum tum, cada vez mais descoordenado, tum tum, tum tum. A voz de Nina, doce, ríspida e carinhosa. Como pode? Ríspida e carinhosa, mas esta era a voz de Nina.

A sala pareceria mais escura do que nunca à luz tremeluzida de velas. A lâmpada penderia do teto, balançaria com o vento que entraria por alguma fresta. As lágrimas brotariam enquanto eu me lembrava de Nina a empacotar os discos, os DVDs, os livros, as lágrimas se misturariam ao suor frio que rapidamente cobriria meu corpo. Eu a seguira pela casa, implorando para que não cometesse aquele desatino, Nina, eu vou morrer se você for embora, meu peito dói, eu estou ficando sem ar. Não seja trágico, ela disse, tão dramático, era como ela se referiria a mim. Essa mulher bateria a porta e eu desmoronaria no sofá, tal como a terra sob a água da chuva, olhando a lâmpada vazia de luz. Um pouco depois e eu não teria mais controle de braços e pernas, não conseguiria me levantar, não pediria socorro para a senhoria que deveria estar no térreo a se preocupar com o ralo entupido.

Nina foi embora. Não sei para onde, ela não me diria, talvez ela mesma nem soubesse. Disse que voltaria outro dia para pegar o resto de suas coisas. As mulheres têm muitas coisas, muitas roupas, muitos sapatos. Os móveis ela disse que não queria. Eles a fariam se lembrar de mim e ela não queria nada além das recordações dos bons momentos. Não saberia o que fazer com eles, não preveria o futuro, só queria ir embora, ficar sozinha, pensar, ser feliz, ela disse, evocando essa abstração. Eu ficaria com a mesa de jantar, as cadeiras coloridas, o aparador de madeira de demolição de Tiradentes, as coisas que ela trouxe, as coisas dela, relíquia de uma época na qual fomos tão afortunados. A mesa de centro. O pufe, antes sem serventia, agora um dos lugares preferidos dos gatos.

Os três filhotes de gatos dormiriam na caixa, alheios ao mundo e às minhas dores, aos pés do sofá. Não iriam querer saber dos raios, da chuva, da escuridão, da enchente, do desmatamento, das buzinas na rua Jardim Botânico, de Iemanjá, do novo ano que começaria, da saída de Nina.

Acabou, Pedro, acabou.

Era uma história que ficaria no passado, sem chance de presente ou de futuro, eu entendi muito bem o que seria. Dupont e Dupond a seguiram até a porta no momento de despedida, ela os pegou no colo, os bichos deixaram escapar choramingos, sabiam que aquele era o momento final, Dupond se plantou na porta, esperando que voltasse, cachorros sempre sabem das coisas e não gostam de separações. Depois, Dupond veio ficar comigo, Dupont se acomodou no tapete, cabisbaixo. Estavam tão abatidos quanto eu.

Nina, eu sussurraria, se eu pudesse, mas não pude falar nada, fiquei em silêncio vendo a minha vida se despedaçar enquanto aquela mulher embalava a pequena bailarina de bronze e a jogava dentro da mala. Não dá mais, Pedro, a voz dela ainda ecoaria na minha cabeça por toda uma eternidade, o jeito de dizer meu nome que só ela tinha, Nina decidida, ríspida, indo embora da minha vida. Não posso insistir mais, Pedro, eu não te amo mais.

Ela me acusaria de beber demais, de sempre passar do ponto. Qual é o ponto, me diga qual é o ponto? Eu bebia mesmo, gostava do uísque descendo pela minha garganta, gostava do efeito depois da segunda dose, do relaxamento, de sentir um bilhão de formiguinhas no rosto, nas pernas. Nina diria que eu bebia demais, todos os dias, e que isso era um absurdo. Absurdo como, eu sempre quero saber mais sobre os disparates, mas Nina não me respondeu.

Não tinha dormido em casa algumas vezes, ficava pelas ruas vagando, uma das grandes queixas dela, que então reclamava de solidão e se ressentia da minha ausência. Eu não fazia nada demais, só andava por aí, por que precisaria dormir à noite? Sempre gostei, desde pequeno, de sentir a brisa da noite, de ver os tipos que só apareciam quando a madrugada vinha. Se eu pudesse, desceria agora a ladeira da casa da gente até a Jardim Botânico, da casa da gente, ouviu, Nina? Mesmo com toda a tempestade, gosto da chuva caindo no meu rosto, iria à praia. Levaria a *Leica* que perdi no pôquer, acariciaria seu corpo de couro macio, sentiria a leveza de seu metal, olharia pelo visor e capturaria as alegrias da passagem do ano com lente objetiva, os casais de branco na rua, as crianças sonolentas, os pingos grossos de chuva, os fogos, os desenhos mágicos no céu, as flores na areia, as velas a derreter, os pratos com comidas coloridas, as taças de bebida, as filhas de santo, seus colares, lenços, os pretos, o povo. Nina nunca conseguiria entender o prazer das coisas pequenas.

Tentaria me levantar, não queria passar o resto da vida preso àquele sofá. Consegui colocar as pernas para baixo, os pés no chão, mas não tinha forças para ficar erguido. Teria que me esgueirar nas paredes, me apoiar nos móveis e com esforço chegaria até a mesinha do outro lado da sala. O telefone sem linha. O plano era ligar para a irmã, pedir ajuda, esperar a tempestade passar, a luz voltar e meu peito sossegar, tudo ficaria bem, eu tentaria acreditar.

A verdade é que aquela maldita dor não cessaria nunca, o ar ficaria rarefeito, igual ao da Cordilheira dos Andes, mas eu estaria aqui, no nível do mar, nesse apartamento úmido, rodeado por cães e gatos, sozinho, com o mundo a desabar lá fora, sem conseguir gritar. Você não falou maravilhas da privatização da telefonia, que agora todo mundo tem telefone, 3G, 4G, que o telefone é meio de produção da humanidade, Nina? O telefone está mudo. Ficaria ilhado. Sem Nina.

Nina seria sempre razão pura, lógica cartesiana, contas pagas, previdência, fundos de investimento. Ela ligaria para a emergência e me levaria para algum lugar, faria respiração boca a boca, contrataria um médico, pagaria um transplante se fosse preciso. Mas Nina partiu, aquela mulher foi embora, me disse adeus, levou malas, bateu a porta. E eu? Iria para o quarto, as paredes me amparando, um esforço hercúleo vencer aqueles vinte e poucos passos, tinha uma vontade de dormir e de esquecer que eu nunca fui nada.

Eu fui só o cara divertido, inconsequente, o cara do porre nas ruas, do andar trôpego, aquele das crônicas vagabundas escritas em guardanapos de bar, o sujeito das fotografias sem filtros, em preto e branco, sombra e luz. O artista das ampliações granuladas, alguns me atribuiriam essa pretensão que eu nunca tive, artista. Eu nunca fui nada. Fui só o magricelo das apostas no cavalo que iria correr logo mais no Jockey, o barbudo mal-encarado que se afogava no cheque especial, aquele do cartão de crédito estourado que evitava os gerentes a cobrar a fatura.

Eu fui o cara que conquistava garotas só pelo prazer de ganhar um beijo, fazer sexo sem compromisso, mesmo tendo o maior amor do mundo. Eu fui o idiota, o macho primitivo, o Neandertal, e desperdicei a chance de ser feliz. Ser feliz, como Nina gostava de dizer. Pura abstração.

Os gatos se remexiam dentro da caixa e miavam, ouvi quando cheguei, enfim, ao quarto. Buscavam o calor uns dos outros, passariam a noite assim, mudando de lugar, agarrados, embolados. Eles não queriam saber de nada. Nem eles, nem Dupont e Dupond, no outro lado do sofá, pensativos, Dupond com d bastante deprimido, nem comer ele comeria. A paz reinaria na sala, a despeito das trovoadas. Minha vida estaria concentrada em respirar, meu objetivo único, deixar o ar entrar nos pulmões, um ato independente que se tornava um movimento cada vez mais difícil, obrigatório, puxar o ar com o máximo de força que eu tivesse. Deitaria na cama. Estaria gelado. O celular na mesinha. Ligações não recebidas de gente que queria ter me desejado feliz ano novo, a mesma ladainha de todos os anos, muita paz, muito amor. Sucesso. Dinheiro. Nem um traço de sinal. E a privatização, Nina, me explica, como não teria sinal? Ouvi ambulância na rua, mas não seria para mim, não poderia ser, gatos e cachorros não ligam para emergência e nunca estive tão abandonado. Lembraria do pai morto na cama, eu ao lado, a mãe nervosa, as irmãs chorando. Pai, fica comigo, não me deixe só. Sem sinal. Suor frio, pegajoso. Outro relâmpago.

Nina retirou as roupas do armário, guardou em malas, fechou o zíper, fria e sem dó. Com ela se ia o cheiro que me embriagaria e acenderia todos os meus sentidos. Mato molhado, ervas, frutas cítricas, meu deus, os cheiros, ela os levaria embora.

Levantaria e tentaria demovê-la da ideia de ir, atiraria suas malas longe, mas a dor já estava ali na hora em que ela falou ao meu ouvido, acabou, Pedro, acabou, e eu só me arrastava atrás dela, fraco, implorando que ficasse, e ela se irritou, você bebeu muito, Pedro, você está bêbado de novo, ela afirmaria, com aquele tom de repreensão, de repulsa. Se pudesse, eu retiraria suas roupas da mala, arrancaria suas próprias roupas, rasgaria a blusa como fazem os galãs nos filmes, prometeria o mundo, a vida perfeita que ela queria, mas Nina se desvencilharia de mim como se eu fosse um pivete tentando roubá-la num sinal vermelho qualquer. Ela iria embora mesmo. Definitivamente. Eu vou ser feliz, ela foi categórica. Como era possível falar de felicidade naquela hora, naquele apartamento úmido, com aquela falta de luz, debaixo daquela chuva, com aqueles gatos famintos numa caixa de papelão? Alguém precisava dizer àquela mulher que felicidade seria tomar um copo de uísque, ouvir Nina Simone com *Don't Let me Be Misunderstood*, passar a mão pela cintura de Nina, Nina mia, aconchegar seu corpo ao meu, sentir seus braços envolverem meu pescoço, dançar colado e dizer te amo no ouvido dela. Mas Nina sumiria ladeira abaixo, eu escutaria o carro se afastar, levaria as malas de couro e todos os cheiros do mundo. Enjoo. Suor. Dupont e Dupond tristes no canto do sofá, orelhas cabisbaixas. Dupond mais deprimido. Cachorros não gostam de separações. Eu conseguiria imaginar o carro atravessar lentamente a rua Jardim Botânico alagada, Nina acelerando para não deixar o motor afogar, na Lagoa o trânsito parado. Volta Nina, volta para casa, me ajuda, me socorre, eu mal balbuciava e meu fio de voz era engolido junto com o ar que eu tentava absorver. Para onde ela vai? Será que ela choraria o que eu choro aqui, ouvindo o miar desses gatos?

Os gatos iriam querer leite, miariam chorosos e eu me derramaria por eles. Pegaria os três no colo pelos cangotes e os aproximaria do meu rosto. Eles me lamberiam o nariz, seus bigodes finos fariam cócegas, os cachorros pulariam em cima de mim, com ciúmes, rosnariam para os pequenos, ameaçariam uma briga e tudo seria uma cena familiar passível de risos num outro dia qualquer. Mas hoje não, hoje não daria, eu estava triste demais para qualquer gesto. Me ergueria mais uma vez e iria me arrastando até a cozinha para pegar o interfone e chamar a senhoria, ela tinha uma assistente que poderia me ajudar, mas não tinha eletricidade. E se eu conseguisse andar até a porta, descer, tocar a campainha da velha? Se fosse um dia de festa normal, meteria a mão no copo e pegaria um pouco de uísque. Respingaria na cabeça do primeiro gato. Repetiria com o segundo e o terceiro. E falaria solenemente, com voz embargada, eu vos batizo Pier, Paolo, Pasolini, em nome do pai, do filho e do espírito santo. Nina riria a meu lado, ela se divertia com as minhas bobagens. Faria um sinal da cruz amplo, como os cardeais nas grandes cerimônias. E beberíamos em homenagem ao batizado. Depois esqueceria essa história. Ou a contaria, se tivesse talento para escrever além dos rabiscos nos guardanapos de bar, eu a escreveria. Fui até a sala e não aguentei chegar à cozinha, minha mulher me abandonou e minhas pernas não me obedeciam mais. Caí entre a mesinha com o telefone mudo e a estante. Bati a cabeça na quina, abriu um corte na testa. Suor. Lágrimas. E agora sangue. Virei lentamente para cima para facilitar a chegada do ar aos pulmões, mas o tráfego aqui dentro também estava engarrafado. Um ácido saiu do meu esôfago, fígado, vesícula, sei lá de onde saíam os ácidos, me corroeu as entranhas, senti o gosto amargo na boca, a saliva espessa. Tão trágico, Pedro, Nina diria. Fechei os olhos. Dupont e Dupond estariam em meu socorro, lamberiam meu rosto, meu queixo. Pai, fica comigo, não me deixa sozinho, segura a minha mão, senti tanto a sua falta, uma vida inteira de desamparo.

Aos poucos eu iria para bem longe de tudo, um lugar de onde eu mal escutaria os sons lá fora... O pai sentado à cabeceira da mesa no almoço dos domingos, a cadeira de espaldar alto, de palhinha... a mãe e as irmãs com as boas roupas... as taças de vinho... as visitas às igrejas, santos, tons dourados... os passeios nos cemitérios, anjos das sepulturas... epitáfios... *Non mortem timemus, sed cogitationem mortis*... a Instamatic prateada... o estúdio com a Roleiflex, lentes reflexivas gêmeas... a lâmpada vermelha do quarto escuro... o cheiro acre de revelador e fixador... a aparição das imagens na bandeja... a bicicleta Tigrão com pintura metálica, rodas de tamanho diferente, selim imitando motocicleta... o Vasco campeão... Roberto erguendo a taça no Maraca... *Eram quod es, eris quod sum*... o beijo roubado na escadaria do Roxy depois da sessão de Tubarão... Legião tocando no Circo Voador... os braços de Renato serpenteando harmoniosamente no ar... eu, um pontinho na multidão na Candelária nas Diretas Já... bandeira verde e amarela... o sujinho da faculdade, pão com ovo frito, gema mole escorrendo entre os dedos... pai, fica comigo, não me deixa aqui desamparado, me dá a mão... *Quem di diligunt, adolescens moritur*... as peladas regadas a cerveja depois das aulas... o acampamento de quilombolas... as estrelas no céu limpo da Bahia... o mar azul de Búzios... meus quadros na exposição... os meninos trabalhadores das plantações... prazer, Nina... panturrilha... arrepio na nuca... a cama desfeita... o corpo nu... olhar desafiador para a Leica... cílios compridos... bicos rosados... cabelos pingando depois do banho... toalha a seus pés... gotas d'água no meu peito... o peito... a dor... porta batendo... cheiro cítrico... mato molhado... porta batendo... Nina partindo... *Res ipsa loquitur*...

Acabou, Pedro, acabou.

* * *

Esta obra foi composta em Sabon e
impressa em papel polen soft 80 g/m², para
Editora Reformatório, em abril de 2018.